suncolor

打造專屬

英語自學關鍵教練

希平方

神奇，絕對可以複製

曾知立

suncolor
三采文化

目錄

第一章
嘿，關鍵在教練！　21

CONTENTS

目錄

第四章
應考&職場&日常的必學英文 215

推薦序 為什麼英語有人學得好，有人學不好？關鍵是「刻意練習」的方法！

—— 國立臺東大學教授　曾世杰

　　我是一個語文教學與學習的研究者，我最關心的是，為什麼有的人學得好，有的人學不好？傳統上，許多人用「智力」或「天分」來解釋學習的成敗。幾十年下的研究看下來，智力和天分的確影響學習，但卻無法解釋，為什麼智力或天分差不多的人，有的成為學霸，有的卻變成魯蛇呢？

　　二十世紀末以來，愈來愈多的學者把目光投向了「學習策略」。其中被引用最多的概念是 K. Anders Ericsson 等人提倡的「刻意練習」，他們 1993 年的文章被學術界引用了近五千次。他們的研究問題是：「專家和一般人差別在哪裡？」多年研究之後，他們得到的答案是「刻意練習」。簡單地說，就是設定長期目標之後，經專家教練的指導，設定短期目標。學習者把

最多的學習時間，花在精心設計的重複練習上。這個過程絕非快樂學習，而是不斷地檢視檢討自己的學習、離開舒適區，下定決心，面對一次又一次更難的挑戰，最後才會成為專家。

　　本書最精采的部分就在知立的爸爸學習語文的過程。高中畢業的他，從花蓮鄉下到臺北工作，但靠著一套自己發明的語言學習策略，在短時間內學會英文、阿拉伯文、德文。曾爸爸的故事給我們幾個啟示：

　　一、成人學外國語文也可以學得呱呱叫：是的，實證研究支持成人也可以學好外國語。（你再牽拖小時候沒有全美語環境啊？）

　　二、曾爸爸一定用對了什麼方法：是的，他用的方法就是「刻意練習」，不斷地面對自己最不會的那個句子，反覆回帶錄音機（按壞了四台），一直到爛熟，再聽下一個不會的句子。

　　三、他不斷離開舒適區：曾爸爸從當司機開始，一生有好幾次大的生涯轉換，每次轉換，都要重新學一種語言，這真是不容易的。

四、曾爸爸不是埋頭苦學而已，他能夠跳出來，整理出 know how，知道自己是怎麼學的。因此，他能在兩個兒子高中時，在他們身上複製自己的成功經驗。

這本書是兩個兒子，在刻意練習、成了英文高手之後，把他們成功的經驗整理出來，並且用資訊科技解決了當年曾爸爸學英語時的困難，讓英語學習者更容易進行刻意練習。

我知道許多朋友的新年願望是：「我今年一定要學好英文，絕對不要再……」可是，八成的人，明年的新年願望仍然相同。我期待知立這本書帶來的方法，成為讀者改變的契機。學習策略改變，學習成果自然就不同了。

推薦序　就算英文沒學好，
　　　人生也沒有損失與煩惱？

——《人生路引》作者、醫師　楊斯棓

如果你衷心認同「就算英文沒學好，人生也沒有損失與煩惱」，那這本書你不但不用往下翻，這輩子更不該「浪費」力氣學英文。

請注意標題的問號。我不把答案說死，正因為能說服你的，只有你自己。

你得自我拷問，把英文學好，究竟對人生有什麼好處。

而什麼又叫「英文好」？

聯考、檢定的英文分數高，就等於英文好嗎？你身邊應該不乏一些大考高分，但無法跟外國人聊天五分鐘以上的人。更何況，瞎扯閒聊易，能做生意難。

我舅公大學聯考英文成績並不算頂高分，但他有本事開貿易公司，跟世界多國上下游夥伴用英文談妥生意，賺了不少錢。你說他的英文好不好？

醫院的資深主治醫師帶著住院醫師討論病例時，資歷跟經驗讓他無時無刻不意氣風發，但當他被通知要出國開會時，內心小劇場還是會出現一張張：怕 .jpg。

怕什麼？人在國外開會的時候，舉手發問、回答問題、主持會議時，或許還有把握，但在 Gala Dinner 講英文時，一個動詞用錯，怕可能因此冒犯別人；一個酒標不辨，怕可能因此沒辦法讓興致勃勃的 keyman 聊下去。

我妹夫任職外商，升職不久後，公司針對來年發展舉辦英文簡報比賽，連美國的大老闆都專程飛來聽。那一次競賽，妹夫拿下冠軍，短時間內，再度被提拔升職。

良好的英文簡報能力跟職場升遷有沒有關係，這還需要辯論嗎？

當臺灣還未時興 Uber 時，有一次我到臺北車站，去 B1

的候車處等計程車。

當時最前面一台車似乎載客不順，有四位年輕人邊下車邊跟司機對罵。後來我坐上那台車，車上聽司機解釋，原來是他跟那四位韓國人無法用英文溝通，所以不歡而散。

如今固然因為新冠肺炎少了許多國際旅客，城市風景不同往日，否則以臺北這種國際城市，各行各業（餐廳、髮廊、SPA 館）都該把自己準備到一個能做外國人生意的狀態。

本書作者曾知立是希平方 HOPE English 創辦人，著作等身，粉絲數十萬，大方分享自己求學過程中的劣勢與優勢。

避談劣勢，是人之常情；談優勢時藏步留路、亦合乎人性。

曾兄反其道而行，大方談劣勢之餘，亦公開優勢何在，這是本書價值所在。

這幾年講到學習，很多人鸚鵡學舌，喃喃「一萬小時」，以為光這四字就是硬道理。試問多少人英文學了一萬小時，若

去美國連買麥當勞都氣喘吁吁。

《練習的力量》一書，我曾做序，濃縮該書為十二字箴言：有教練，常常練，要意見，要改變。在此之下的一萬小時，才有意義，否則只是陶侃搬磚。

跟曾兄彷彿心有靈犀，他大作的第一章就是：嘿！關鍵在教練！

曾爸爸是一位語言學習高手，自學英語、阿語、德語成功，是曾家兄弟的王牌教練。在曾教練帶領下，曾家兄弟青少年時期常常練，有曾教練即時回饋的意見，英文程度由魯到強的改變，就顯而易見。

我們沒有曾爸爸當教練，但有希平方精準設計的課程讓我們好消化，不貪快不貪多，一點一滴做出改變。

我奢侈地希望，有一天還能讀到曾爸爸自學德語、阿語成功的專書。

自序　人生的轉捩點，從英文開啟

一切，是這樣開始的。

一位來自花蓮眷村的年輕人，他的父親在他讀高中時就過世了。身為家中五兄弟的老大，他為了家計，只能捨棄繼續升學的機會，從花蓮高中畢業後，就直接報考軍校。在大時代裡，軍校的學長、學弟制度壓得年輕人喘不過氣；然而，經濟壓力如山大，年輕人一心想著幫忙母親分擔家計，仍到處找方法打零工賺錢。他曾到花蓮港碼頭當水泥搬運工，但體力活的薪水十分微薄。於是，年輕人靈機一動，便運用家裡僅存的錢，買了一台磨石機，想利用花蓮產大理石開藝品加工店。不料，才起步，機器就壞了……

那是 1973 年。那個倒楣的年輕人，是我的父親。

他走投無路，來到臺北打拚，第一份工作是開計程車（車還不是自己的），不巧遇到下雨天打滑，居然把車撞爛。他沒

放棄，再應徵德記洋行（TAIT）財務長的司機。他見報紙的分類廣告寫「司機，需要會英文」，而面試時，只被問了一句：「會不會英文？」他根本不知道如何開口，硬著頭皮說：「會！」（幸好面試官自己也不大懂英文，因此無法求證……）

財務長（父親後來都稱他「老闆」）很快就發現，他根本不會說英文，但比手畫腳也能溝通，又見他認真老實，日子也就這麼一天天敷衍過去。年輕的他擔任大老闆的晚班司機，載老闆去應酬，生活倒也愜意。但父親終究想要出人頭地，在經濟起飛期的臺灣，貿易業是一條賺快錢的捷徑，而要進貿易業，絕對需要可以溝通的英文能力。於是，他向花蓮的同窗好友詢問，有什麼方法可以確實加強自己的英文。

朋友送給他一本梁實秋編定的《英漢大字典》，又囑咐他多讀英文。在 1970 年代的臺灣，想增進自己的英文能力，該讀些什麼讀物？他土法煉鋼，在朋友的建議下，跑去牯嶺街舊書攤，花五元買了二十本二手的英文版《讀者文摘》（即 *Reader's Digest*，是 1922 年於美國創刊的家庭月刊，內容包羅萬象，遍及醫療、科學、體育、烹飪、旅遊、金融、政治、政府、國際關係、園藝、藝術與娛樂、商業與文化）。

　　但，由於父親當時程度太差，書中的每一句英文他幾乎都看不懂。遇到生字，他會先查字典，若仍不了解，他會再向同學求救——此時的父親一無所有，唯一有的是可以浪擲的時間。每天晚上，他會趁著接送老闆的空檔，坐在駕駛座上，把小燈泡插在點菸器上，靠著微弱的燈光看書、查字典。而這微弱的燈光，也一點一點照亮了他的未來。

　　除了苦讀英文刊物，父親也開始收聽英語廣播教學節目、閱讀搭配廣播的教學雜誌。初期，儘管課文內容不難，但對父親而言，真的宛如鴨子聽雷。為了聽懂外國老師在說什麼，他將廣播錄下並倒帶聆聽。在這過程中他發現，只聽一次幾乎根本聽不懂。於是他開始反覆倒帶、重播，為了準確聽懂某一句話或片語，費力地在錄音帶上往返搜尋該句的起始處，總共按壞了四台錄放音機，才漸漸適應外國人的美語口音。

　　在英文自修期間，父親發現，聽來的東西特別容易記得，而死背的生字，就算憑藉短期記憶勉強記住了，當另一篇文章裡出現同一個生字時，依舊會感覺陌生。因此，如果能把一篇文章反覆聽懂，在沒讀到字的情況下，也能像「聽母語的故事」一般完全吸收，那麼其中的單字、片語就能牢牢記住，毋須死背。

　　兩年多的司機生涯，讓父親的英文程度突飛猛進，成功扭轉自己的人生。在朋友和老闆的鼓勵之下，父親應徵上了當時臺灣數一數二大、由約旦人開設的貿易公司，還因此認識了母親。同事五、六年後，他們攢下第一桶金，才一起創業，揭開與中東接觸的貿易人生序幕。

　　對如今年邁的父親而言，當年那苦讀的光景，仍讓他記憶猶新。從這段經驗中，他深刻領悟到：

　　一、「聽」的學習效果威力強大，學英文一定要聽到有人念給你聽。

　　二、「聽熟文章」不但增進英文聽力，還可以幫助牢記單字、片語。

　　三、「聽英文」的情境令人興味盎然，愈聽愈上癮。

　　父親也發現：聽力練習最大的難處是「準確重複播放句子、片語或單字」，在那科學技術有限的年代，為了要重覆播放一句話，必須不斷在錄音帶上來回搜尋這句話的起始處，如此一來，學生的注意力根本無法集中在「英文學習」，會嚴重

傷害學習意志。而今，儘管用電腦學英文輕而易舉，但太多滑鼠及鍵盤操作，反倒也存在類似的「導致分心」問題。

　　頗有生意頭腦的父親，創業之後，除了做貿易，還投注大量的資金、時間及人力，發明了「語言學習機」，針對小段文章、單字、單句做到「快捷、準確播音」。這台機器可將存錄其中的語言教材切割成一段又一段，最多可達二百四十個小段，每一段都能重複聆聽。這種「小段」結合「單句」的放音功能，父親稱作「雙軌式重複放音」——學英文練習聽力時，一旦聽不懂，只要按「重複鍵」，就能無限次重複播放聽不懂的地方，徹底解決「操作分心」的問題。儘管這台「語言學習機」現在已經停產，其中的功能，現今數位式錄音筆這類工具也能加以取代，但當年父親熱衷發明出類似原理的產品，足以看出父親一心一意，想對大眾的語言學習，貢獻一份心力。

　　以上就是父親與英文相遇的故事，而本書中更要著重訴說的，是他在某一年的暑假扮演起教練，領著弟弟和我，透過他獨到的方法，快速學好英文。那段盛夏時光影響我至深，至今我仍時不時回味，並試圖複製、改良這套教學法，讓更多人學好英文，以利無痛地建立正確的學習態度。

Charlie 與弟弟於 2012 年合創英語教學平台「希平方」。

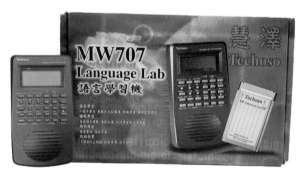

Charlie 父親當年發明的「語言學習機」。

　　在我身旁，有太多朋友為了學好一門語言（尤其是英文），花了大把的時間、金錢，依舊「載浮載沉」，學習效果不佳，失去讓生活過得更好的契機。父親透過苦讀，翻轉自己的人生，而我認為這樣成功人生的轉捩點，每個人都值得擁有，也必須要由自己開啟。

　　這一本書，獻給更多想學好外語的人，願接下來的每一頁，都能成為你英文之旅的嚮導，帶給你更精采的學習風景。

第一章

嘿，
關鍵在教練！

為何我可以，我的朋友卻不行？

那是 1998 年的夏天，也是我高一升高二的暑假。

當年弟弟和我剛好 15、16 歲，正值可以放肆的暑假，但是，弟弟升高中的大考結果不如預期，沒能考上理想的公立高中，尤其是英文科成績，讓父親直搖頭，於是，高一升高二、正在念師大附中的我跟著遭殃──

正當旁人放假出去玩，父親帶著我和弟弟進行了「英文魔鬼訓練營」，從弟弟放榜後的隔天──8 月 1 日開始，每天早上七點起床，梳洗、吃完早餐後，兄弟倆開始跟著父親學習，連續 8 ～ 9 個小時使用父親的方法學英文，並以父親研發的「語言學習機」密集訓練，為期一個月，直至學校開學。

一個月內，我和弟弟一共精讀了五本英文雜誌教材。訓練營結束，開學當天，當我翻開高二的英文課本，發現整本課本中，我竟然沒有一個英文單字是看不懂的。多年後，當我投身英文教學，仔細統計才發現，在那短短三十天的光景，我累積

父親一個個單字帶著我們讀，扮演我們的「活字典」。

學會了超過三千個英文字彙。更神奇的是，沒有一個生字、片語是靠死背的⋯⋯

夠神奇吧？

但，我不是天才兒童。隨著年歲漸長，我慢慢意識到，我之所以能夠把英文學好，關鍵在於我的「教練」父親。

曾經，我也是「考完就忘」一族

我出生於 1982 年，小時候，父母衝刺貿易事業，讓我住在花蓮的奶奶家，而我直到 5 歲才回到臺北念幼稚園大班。在我讀小學時，爸媽幾乎停止了貿易事業。

直到我長大了一點，才理解當時的狀況：在 1990 年代，中國大陸加速了改革開放的腳步，原本往來的中東客戶，要求我的父母去中國大陸設廠。然而，爸媽考慮到我和弟弟年紀小需要陪伴，放棄了拓展事業的機會。生意日趨萎縮，他們索性停下事業腳步，靠之前衝刺貿易事業累積的積蓄，勤儉度日。

父親每天除了帶我們兄弟倆打躲避球，教我們背九九乘法表，也一步步實現他的夢想：找工程師合作、研發「語言學習機」，甚至用房子貸款投資，前前後後投資了上千萬。

而母親則全力看顧我國中之前的功課。我從未補習英文，只記得在小學一年級時，母親從圖書館借了一本二十六個英文字母的書，教我自然發音法（見本書第二章之「英語自學三大基本功」之「自然發音法（字母拼讀法）」），那是我與英文的初次相遇。

　　弟弟和我也沒上過才藝班，但母親會到里民辦公室、圖書館、科教館、美術館四處探聽，只要有免費又適合孩子聽的課程，她半夜排隊也要搶頭香為我們報名。從古典音樂、打擊樂、理化實驗，甚至是野外生態觀察，如此「樣樣都學一點的雜食性吸收」，為我的童年奠定了紮實的通識基礎。長大之後回想，我更加感謝她的苦心，因為與人社交、進入職場後，我深深感悟到所謂「什麼都略懂一點，生活就會更多采一些」這個道理，是千真萬確的。

　　在我的求學時代，臺灣的學制下，國小並沒有英文課。猶記得國中英文課的第一天，英文老師第一句話就是問台下的同學：「學過二十六個英文字母的人，請舉手！」當時全班有一半的學生都舉了手。班上的許多同學，日後也放棄了學校英文課堂內過慢的教學進度，直接去補習班報到學英文。

　　倚仗著短期記憶，我應付學校考試堪稱游刃有餘，國中英文大小考在班上次次都在前十名之內。然而學校的大班教育，無法帶給我最深入有效的學習。不管是哪一科，老師們總是苦口婆心，要我們複習，並預告接下來絕對會小考（或許帶點恐嚇的意味）。但當時的我只覺得，老師明明才教過，馬上複習同樣的內容，不是很無聊嗎？

我自以為會了。考試前臨時抱佛腳，死記硬背，考完又全部忘光，成了我國中三年的日常。

這就是學習了吧？

曾經，我天真地這樣以為。

偏偏，小我一屆的弟弟，連佛腳都懶得抱。高中大考，他英文失常嚴重，無緣進入理想高中。意識到「事態嚴重」的父親，變身鐵血教頭，帶著我和弟弟學習英文，不僅讓兄弟倆的英文程度大躍進，也種下了我日後投身英文教育的種子。

讀到這兒，你可能想把我的父親——曾爸爸這位教練帶回家，但可惜的是，曾爸爸終究只有一位。多數人沒有機會、沒有方法學好英文，面對英文，總覺得它宛如一道高牆，不得其門而入。而我從投身英文教育的第一天開始，目標就非常明確：**我希望複製、進化改良曾爸爸的模式，令更多學不好英文的人受惠。**

當年暑假的神奇體悟，讓我和弟弟攜手創業，建立「希平方」語言教學平台，開發獨特的程式，建立語言學習系統，讓

學員能徹底擺脫過去學英文所遭遇的失敗與困擾。接下來，我將一步步拆解「希平方」的英文學習方法。

　　請跟著我一起出發。

從英文到阿拉伯文，
父親的精采人生

　　有沒有可能快樂學英文？我的答案是，沒有哪門學習是輕鬆的，尤其是在學習的過程，必定得下苦工。但我相信，找到自己的動機，享受學習的成果，比什麼都關鍵。

　　我想分享我父親的貿易人生故事。英文，以及他後來學習的其他外語，就是他生存下來的利器。

無師自通學好外語，開啟人生新局

　　1940 年代尾聲，直到 1950、60 年代，是父親成長的大時代。想要脫貧，「貿易」事業是一條捷徑，而外語，正是出發的必備行囊。直到父親踏上貿易戰場，他才發現，外語是他生存下去的唯一方式。

　　父親從主管司機轉換跑道，踏進約旦人開設、當時臺灣規

模數一數二大的貿易公司。進了公司，他發現全公司上上下下的人員都通曉英文，但弔詭的是，往來客戶幾乎都是英語不通的阿拉伯人。當這些貴客上門時，全公司竟然只有一位政大阿語系畢業的員工可以稍作溝通。然而這位員工會的阿拉伯文又不夠生活口語化，要跟正港阿拉伯人「搏暖」溝通，還是有難度⋯⋯。

學英語的經驗，也可用在阿拉伯文？

該如何從這樣的情境中，為自己創造機會？從零開始學好英文的父親，用同一套方法，找來當時身邊唾手可及的資源，像是教育廣播電台的阿拉伯語教學頻道，搭配大量閱讀阿語書籍，一步步從零開始學起阿拉伯文。

有一天，機會來了。一位阿拉伯客戶抱怨，公司出口商品的阿拉伯語標籤發生了文字誤植的狀況，父親自告奮勇，不僅幫忙將標籤文字修正完畢，還與客戶熱情溝通。老闆此時驚覺，父親竟然可以跟阿拉伯人順利溝通！父親也旋即獲得重用，被派去阿拉伯半島待了四年，負責重要業務（這四年的經歷，讓父親直到現在都不太願意吃雞肉，因為穆斯林文化不吃

豬肉，在其他肉品也昂貴的狀況下，他在阿拉伯半島天天吃一隻烤雞，現在可能連看到活生生的雞都會怕）。

憑藉外語能力，自己開公司找「藍海」

在約旦人開設的貿易公司裡，父親與母親相識、相戀、步入禮堂，並在 1970 年代尾聲，決定自己創業開貿易公司。然而，轉換角色、自己當老闆一點都不容易。創業之初，爸媽各自拿出攢下的新臺幣五萬元積蓄，不畏家族長輩反對，過著艱苦異常的生活。義氣相挺的叔叔、阿姨、舅舅也經常跑來幫忙，但因為沒有訂單，所以完全沒有酬勞。

屢敗屢戰，終於在某一天，父親與母親購得了一份「外國人來臺業務」的名單，看在個人資料被嚴格保護的今天，這件事顯得格外不可思議，但那是當時臺灣貿易界眾所周知、不能說的祕密。父親和母親抓緊機會，一通通電話聯繫，打去這些外國業務代表在臺灣下榻的旅館，和外國業務順利牽起關係。同時他們也發現：如果是會說英語的歐美人，臺灣貿易商往往一窩蜂靠攏，但若是只通曉阿拉伯語的阿拉伯人客戶，就相對乏人問津。這一次，父親善用阿拉伯語的優勢，獨攬阿拉伯客

戶的青睞，切入藍海市場。

　　爸媽正式談成第一筆生意的故事，也是非常不可思議。某次父親去電阿拉伯人客戶，而電話那頭，阿拉伯人客戶聽到這位臺灣人會說阿拉伯文，驚喜不已，並用極驚恐的語氣發出求救：「我住的房間鬧鬼……拜託能不能過來幫我？」

　　機會來了！父親立刻衝去該旅館，協助阿拉伯人與櫃檯溝通、移住圓山飯店。一切都辦妥後，這位 20 歲出頭、年紀輕

爸媽與生意夥伴──阿拉伯王子在圓山飯店前。（1982 年 6 月）

輕的阿拉伯人客戶告訴父親，他是阿拉伯當地的王子，拿著親族給的二十萬美金來臺灣磨練。父親半信半疑，但還是拿出樣品展示，並帶著這位「阿拉伯小王子」四處造訪臺灣的工廠，從頭到尾抱著「姑且一試」的心情。沒想到，這位小王子一回去，爸媽的貿易公司真的拿到了一筆二十萬美元的訂單。

但出貨的過程卻是曲曲折折。父親拿著阿拉伯人開立的信用狀，拜訪了好幾家銀行，卻一一被拒絕，最後，中國國際商銀（今兆豐銀行）的襄理願意出手相助。他先是臭罵了父親一頓，擔心他無力出貨，要求父親抵押資產湊保證金，押匯成功後，爸媽的貿易公司順利出貨。琳瑯滿目的雜貨如小火車、機器人玩具、各式文具用品、雨傘等，足足兩大貨櫃。那一筆交易，讓爸媽的事業得以在臺北落地生根。

父親挾著通曉阿拉伯文的優勢，站穩貿易事業的腳步，卻意識到不少阿拉伯人做生意，並非「選擇長期夥伴」，不僅欠缺忠誠度，還會窮盡辦法殺價。面對重重壓力，爸媽一一扛下了，直到阿拉伯人希望轉戰中國大陸發展、生產，阿拉伯客人愈來愈少。最終，面對「是否西進中國大陸」這個重大抉擇的爸媽，為了陪伴孩子成長，決定留在臺灣。

轉戰歐洲，再一次自學外語

這之後的貿易態勢是如此：若是再一次鎖定英語系國家進行貿易，只會墜入流血價格競爭。爸媽開始著眼歐洲，認為臺灣產製的新娘禮服頗有競爭力，品質與價格都有優勢，可以銷至歐洲的婚紗店。

父親翻閱黃頁，先發電報（我家當時還有電報機呢），再打越洋電話到德國、法國、義大利。但這些婚紗店老闆不太會

爸媽決定留在臺灣，陪伴我和弟弟成長。（1986 年 4 月）

說英文，讓父親一時傻住了，這才了解：當時的臺灣貿易商不是不願做歐洲人的生意，而是根本無法溝通。於是，父親開始自學德文。

父親每次學語言的動機，就是為了一次次切入藍海市場。

那是我孩提時代殘存的印象。在我 6、7 歲時，我父親對著收音機講德文，母親則自己學著法文，兩人和歐洲客戶搭上線，展開德國、法國、瑞士的生意拓展之旅。他們夫妻倆去歐洲三個月，把弟弟和我暫時丟給阿姨和外婆照顧。

後來才知道，爸媽當時帶著一萬美金旅行支票，背水一戰，決定如果歐洲行沒找到生意，就要結束貿易事業。夫妻倆拖著塞滿禮服的八卡大皮箱，用歐洲火車通行證（Eurail Pass）搭火車移動，為了省住宿費用，還盡量搭跨夜火車。但結果不盡理想：歐洲人不同於阿拉伯人，他們不太能接受「來路不明」的陌生生意夥伴。

正當爸媽快要放棄，他們來到了瑞士蘇黎世，走進一家法國婚紗老字號品牌 Pronuptia 的分店。這位店長很喜歡爸媽帶去的婚紗樣品，但身為分店店長的他，也不能做主。他聯絡上

法國總部的採購單位，透過他的善意和牽線，爸媽又折返回法
國，取得六千件婚紗的訂單，每件以兩百美金賣出。

　　這筆訂單，讓爸媽的貿易公司再一次活了下來，無奈的是
兩年後，Pronuptia 再度探問他們，有沒有意願去中國大陸發
展？爸媽依舊說不，也從此決定暫時停下貿易公司的拓展腳
步，專心帶我跟弟弟長大。後來父親也運用自學語言的經驗，

憑藉自學出來的優異外語能力，父親一手開創了貿易公司，支撐起一家
四口的生活。（**1980 年 2 月**）

研發語言學習機；直到 2000 年，我和弟弟已經長大，他們才又再度投身化妝品包材的貿易生意。

學外語，就是「解決問題」的方法之一

我曾探問過爸媽，是什麼讓他們能夠不斷從挫折中站起來？原來，他們不只追求財富累積，更享受「解決問題」的過程。做貿易的這四十年來，他們身邊百分之九十的同業都陣亡了，而支撐他們從一次次挑戰存活下來的，除了強壯的心臟，就是面臨危機時的積極心態。貿易商存在的條件與價值，就是處理資訊不對稱，媒合對的買家、賣家，而爸媽由衷享受這樣的過程，願意積極地處理、面對一個又一個危機。

遇到問題，就解決，遇到不會的語言，就去學會它，讓語言成為自己在商場中得以獲勝的利器。從爸媽一次次的分享中，我也才明白，語言學習不只是一種興趣、技能，更是積極面對人生挑戰的甜美成果，也是父親撐起這個家的關鍵力量。

「教練」為何是英語學習的關鍵？

五個學習關鍵

1. 反惰性學習
2. 五次間隔學習
3. 適性跳級學習
4. 沉浸式學習
5. 母語式學習

1. 反惰性學習

　　學習要有效果，最關鍵的第一步就是要克服惰性，挺過初期的痛苦。正式開始英文魔鬼特訓的那個夏天，父親要求我和弟弟朝八晚五學英文，從最基礎開始學。父親教我們要用正確的方式查字典，也要求我們只要遇到不懂的字，就要查字典。以當時我們使用的文本的難度，我一個單字就要查五分鐘，查完一句要花上近一小時。可以想像嗎？光是要正確理解一句

話，就花了我 50 分鐘！弟弟也面臨一樣的狀況。當時我們實在太痛苦了，覺得沒辦法再學下去，很想放棄。為了提高效率，父親開始充當我們的活字典，帶領我們一個字一個字地去理解、記憶每個英文單字，同時訓練我們查字典的技巧。

父親很堅持查字典這件事的重要性。其實「查字典」是學習英文成敗最關鍵，也是最不容易堅持的部分。在「查字典」這道關卡上，人最容易產生惰性。因為很多人以為單字只要知道字義就好，那就是一種囫圇吞棗的學習方式，很快就會忘記。而查字典這件事本身，就是一種反惰性的訓練：必須耐著性子選擇最正確的字義、知道詞性、學習使用和例句。

2. 五次間隔學習

而知道正確的學習方法後，還必須輔以計畫性的學習，每天養成習慣重新接觸，才不會學過就忘記。如果總是依靠短期記憶應付考試，那一切就是白學了。

在父親這位「教練」的帶領下，學英文發生了階段性的進步。第一天是最痛苦的，明明是暑假，卻得上課，而且還是

「越級打怪」，翻開程度偏難的英語學習雜誌，學習自己幾乎看不懂的進階英文；第二、三、四天，展開複習，痛苦程度遞減，算是蜜月期，以為自己適應英文了；第五天當天才知道，傍晚有聽寫測驗，把書闔上，用父親的「語言學習機」重複播放外國人朗誦的英文文章，必須當場聽寫抄下。我跟弟弟當下傻住了，這怎麼可能寫出來？直到靜下心，才發現自己一面聽，還真能寫出來──以句子為單位，寫成一個段落，再鋪展到一篇文章。

升高中以前，父親一直對我們採取自由教育，尚未化身「鐵血教練」督促我們的功課。（1997 年 6 月）

第一次聽寫，我必須極度集中精神，外國人語速快，句子又長，聽了一句，全部聽完的那一秒鐘，我簡直氣力放盡。父親再揭曉答案、一一訂正拼字錯誤，我這才發現，原來我真的寫得出來！

我開始沒那麼害怕，也稍稍鬆了口氣，轉頭對鐵血教練說：「就這樣了嗎？」

殊不知，接下來的每一天，都有聽寫測驗。只是我發現，需要重複聽音檔的次數愈來愈少，愈寫愈輕鬆。聽寫兩、三次之後，聽英文變得好像呼吸一樣自然，我也開始慢慢相信自己的能力，是可以迎接教練設定的一關關挑戰。

父親為我們設定的學習計畫，和知名教育理論不謀而合，詳細可見第三章「五次間隔學習」（P.156）。

3. 適性跳級學習

父親給我們兄弟倆所準備的英文教材是《空中英語教室》。相較於一般國中程度學生常使用的《大家說英語》，《空

中英語教室》的程度更進階。就從這本英語學習雜誌開始，我們兄弟倆展開了生平的第一次適性跳級學習體驗。

我印象很深刻，當時翻開《空中英語教室》一篇文章，有50% ～ 80% 單字是看不懂的，每個單字都要查字典。雖然感到很痛苦，但父親告訴我們：不跳級怎麼會進步？他要求我們，對任何不會的單字或句子，必須打破砂鍋問到底，直到完全搞懂為止。在觀察我們的學習狀態後，他擔心我們的挫折感太強烈，反而會失去學習動機，才進行調整，改當我們課堂上的活字典。

此外，父親還會針對我們吸收特別弱的部分進行額外加強，例如我當時對「關係子句」和「假設語氣」的應用特別不拿手，父親便會不斷讓我重複練習相關文法、語句、文章的閱讀，也增加許多相關內容的聽寫測驗讓我練習。

事實上，這就是所謂的因材施教，也是一對一家教的優勢，同時也是許多大班制課堂的老師心有餘而力不足的部分。由於每個學生程度和學習速度各有不同，若程度設定得太難，學習者很容易因此喪失學習動機，放棄學習。父親對我和弟弟的個性、程度、強項弱項都瞭如指掌，能夠適時調整課程難易

程度，確保我們有將課程內容完整吸收。

4. 沉浸式學習

　　學習一門語言，「大量接觸」是一大關鍵，因此「環境」的影響至關重大。我和弟弟並非在全英語環境中生活長大，要加強英文的「聽」和「說」，就要花額外的苦心。

　　父親當年為了學習語言，曾發明過一台有專利的語言學習機，能錄下任何英語廣播或節目，然後供使用者設定重複播放同個句子，以達到不斷重複聽取的效果。

　　那年暑假，父親讓我們兄弟倆跟著語言學習機大量重複聽取英語廣播節目的同一句子或同一段文章，針對我們陌生的單字、片語用法進行抽考，並延伸教學相關單字片語，讓我們學會舉一反三的用法。句子長的時候，至少要重複 5 ～ 8 次，句子短時，則至少要重複 3 ～ 5 次，聽了若能重複跟著念，也能達到練習「說」的效果，以此達到情境沉浸式學習的效果。

　　父親也盡量讓我們從生活環境中去學英文，如此記憶更能

深刻持久。為了達到目標，他開始讓我們選擇自己有興趣的主題文章來學。第十一天之後，他讓我們廣泛閱讀不同的英文文章，而且給我們一點「特權」，可以跳過自己不感興趣的文章。每當看到政治、經濟的選文，弟弟和我都會頭痛並自動略過；而我們最喜歡的，就是與自然或科學相關的文章。印象最深的一篇文章，是刻畫美國阿拉斯加「雪蟹捕蟹人」與冰天雪地搏鬥的賭命故事。太空、生物、探險、運動，這些主題我都超愛。但當日後我進入加州大學經濟系，曾經厭煩的世界經濟趨勢文章，還是得硬著頭皮啃食，父親還寄了中英文對照的經濟學、國際貿易概論書籍給我，當然這是後話了。

5. 母語式學習

為了確保我們理解，父親訓練我們用英文的邏輯思考英文，常常會要求我們不要按照中文文法或語序，說給他聽。很多人在學習英文的時候，常常很喜歡先看中文翻譯，其實這是錯誤的。父親在指導我們的過程中，不斷耳提面命，提醒我們不要只是想把英文翻譯成中文，因為翻成中文時，英文的順序就會錯。

父親將「英翻中」分為兩大類別：一是「閱讀型翻譯」，即為一般的意譯，用中文語法，將英文翻譯為優美的中文。另一種則是「學習型翻譯」，即直譯，是指將英語當作母語邏輯思考而得出之中文翻譯。例如：「I woke up at seven o'clock today.」這句中文的意譯是「我今天七點鐘起床」，但直譯卻是「我起床在七點鐘今天」。翻譯出來的中文雖然顯得有些古怪拗口，但卻是最適合理解英語的邏輯。

此外，他也特別重視我們對於西方文化的理解。身為「自學達人」的父親，在生意沙場中，累積了很多生活、文化知識。舉個簡單的例子，英文裡的「喝湯」不用 drink，而是用 eat，因為西式湯往往比較濃稠。當我對課文不求甚解，父親會特別要求我們精讀，也會細細解說**英文單字背後的「細節、緣由」**。

魔鬼特訓成效驗收

魔鬼訓練營的過程，也不是只有受苦。父親設定了「豐富的誘因與獎勵」，而這獎勵並非物質上的。我和弟弟完成一天的訓練之後，可以得到這份獎勵——就是打球！從小，父親就

會帶我們兄弟倆一起去打球，國小打躲避球，國中開始打籃球。父親化身為孩子王，很有群眾號召力，即便在大人為主的球場上，父親也要我們挺直腰桿，走上場，讓兩個小毛頭跟大人混在一起打球。

三十天後，開學了，特訓結束（若是沒開學，恐怕教練會拉長特訓時間）。我在高呼「得救」的同時，卻也驚喜發現：自己英文的聽說讀寫能力大幅進步，不論是閱讀英文報章雜誌、收聽英文廣播節目，都能輕鬆理解吸收。在這鐵血特訓中，父親沒有逼我背過一個生字或片語，但奇怪的是，**海量的生字、片語不知不覺地深深烙印在我的腦海中，完全沒有「背單字的痛苦」**。回想起來，當初教練要是逼我苦讀、死背那些單字、片語，我大概連一個星期都支撐不下去！

同學也發現，我的英文怎麼突然變得很強？於是，他們紛紛問我是怎麼學的、上哪一間補習班，甚至有同學的爸媽還直接打電話來家裡探聽──因為我在學校課堂上的表現實在非常不認真，幾乎每天都泡在學校的籃球場，只有考試前稍微翻一下英文課本，看看有沒有不熟悉的生字。

至於弟弟，後來進入延平中學，常常是班上的調皮搗亂分

子，自己不聽課就算了，還總拉著同學聊天。但他的英文成績始終維持在九十分以上，以至於家長會時，延平中學的英文老師也好奇詢問父親：弟弟的英文是怎麼學的？

父親向老師與其他家長仔細分享了自己的訓練模式，但其他家長難以落實同樣的訓練模式。在準備大學聯考時，當同學們努力讀英文，弟弟把複習英文的時間省下來，念其他科目，順利地考上了交大電子系。大二時，弟弟選修了同學們避之惟恐不及的「英文即席演講」（Toastmaster），弟弟表示：「我一旦決定了演講題目的大綱，英文講稿就會自然浮現在腦海，根本不需要先擬好中文講稿、再翻譯成英文。」

這全都歸因於當年暑假的特訓效果，讓我與弟弟擁有超強的英文聽力，建立龐大的字彙量。後來我投身英文教學事業，再回過頭仔細計算：**原來那半個暑假所學，連同國中時學到的一千五百個單字，字彙量已經幾乎足以應付大學聯考（教育部擬定的六千六百字）**。父親英文特訓的效果不但紮實，而且是全面的。

讓「父親教練」得以複製，我想創立英語教學界的「特斯拉」

特斯拉透過科技、創新，希望打造永續未來。而我和弟弟創立希平方，則是把我們當年學好英文的關鍵教練——父親，透過現在的科技與巨量資料的分析，成功複製給每個想學好英文的人。而讓「關鍵教練」更完美，幫助大家在語言學習的路上更有效率，也是我們的初衷。

2012 年，為了將父親這一套神奇的英文學習經驗發揚光大，弟弟在研發替代役退伍後，站在人生的十字路口，該成為光電工程師？或是創業？也許是 DNA 使然，秉著曾家人習慣靠一己之力開疆拓土的精神，弟弟決定創業。然而他的朋友幾乎都有正職工作，只想兼職創業，無法全心與弟弟共同投入。

最後，弟弟聯絡上人在美國的我，兄弟兩人決定攜手創業。

一開始我們秉持一個單純的動機：想將父親當初教我們英

文的方式，用網路的方式普及給大眾使用。一開始必須有網站，弟弟發揮自學精神，在網路上開始學寫程式架網站，三個月之後學成並把網站架好。

英語學習路上，有太多人有挫敗的經驗，但如果仔細研究，這些挫折和問題都很相似。感謝有父親當年擔任教練角色，鞭策壓迫我和弟弟學習，雖然過程並不輕鬆，但短短一個月內，奠定了我英文學習的正確方法與觀念，甚至建立起自信。因此，我們很希望大家也能獲益於這套正確的學習方法。

創業起初，父親質疑我們：沒有教育背景，你憑什麼教別人英文？然而我們清楚，自己雖非教育背景出身，但這恰恰是我們的優勢：我們並非學霸也非菁英，但我們理解學不好英文的痛苦，也親身體會在短時間內學好英文的過程。正因如此，我們想以「英文從不好變得很好」的過來人角色，將成功的經驗複製，回饋給有心學好英文的大眾，透過現代網路與大數據科技的便捷性，為任何程度、年齡的人，量身訂做一套不受限時間空間的專屬學習計畫，且隨時隨地都能開始學英文。

我請教過許多英語教育專家，研究其他國家的英語教學方式，調查英語教學的缺口和需求，花了兩年多的時間，才正式

推出這套系統。

　　創業初期，受到的質疑不曾少過，但我開始在官網上分享英文學習經驗，這些其實都是整理父親帶領我們學習英文的過程與心得，沒想到受到許多人的喜愛和肯定。許多學員們覺得非常有感，甚至覺得我點出了要學好英文的真正關鍵，從此開始，我們的學習法才慢慢引起大眾注意。

父親「教練角色」，可以透過科技複製

　　過去，父親這樣「教練」的角色難以模仿，但現在透過數據分析，已經可以逐步實現。「希平方」可以做到更精確的個人化設計，複製過去的私塾教育，亦即老師親自督促、引導學生互動的模式，**讓系統完成知識的傳遞，讓真人老師解決學員的疑惑。**

　　2020 年的新冠肺炎疫情，讓整個世界產生天翻地覆的轉變，人們也開始省思「教室完全搬到線上」的可能性。當然，那不見得完美，尤其是強調小組討論的西方教育，或是需要「實際操作」的實驗課程，透過網路，實在難以完全取而代

之。但是，線上課程與實體教育的結合需求，相信在未來只會
與日俱增。

透過科技、AI 系統傳承正確的英語學習法

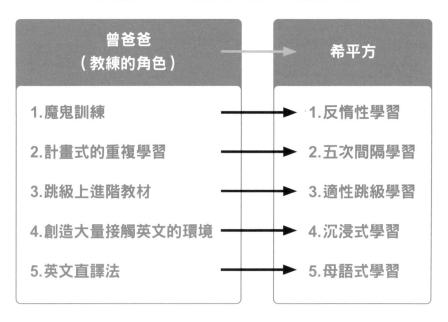

對英文初學者而言，
文法必要嗎？

有位媽媽幫剛上國一的女兒在暑假時買了希平方「玩轉文法」課程，我們很好奇地問媽媽購買的原因為何？

這位很認真做功課的媽媽告訴我們：孩子在讀國小時，學校有英文課，為了強化孩子的英語能力，同時在安親班也安排了英文課，但有兩個問題：一是學校裡，同學英文程度不一，老師不是考試就是抽背單字，女兒自然覺得很無聊；安親班裡，英文課採取小班制，同學程度較為「均質」，課程活潑，以聽力、口語和閱讀遊戲為主，但國小畢業的暑假，孩子考私立國中的英文成績，卻比想像中落差很多……。

媽媽開始焦慮了。

深入了解「玩轉文法」課程之後，媽媽也讓孩子試上，這才警覺到：孩子的文法概念非常薄弱。原來在國小階段，多數老師強調快樂學習，希望學生「自然而然」掌握文法規則，以

至於孩子並沒有文法的觀念。

這位媽媽慶幸的是，自己第一時間發現問題，孩子也享受在希平方課程中「破關挑戰」的過程，可以「平衡一下」相對枯燥的文法學習；而且，不用再三催四請孩子準備補習班的課業，每天 30 分鐘，還有進度和期限，家長可以追蹤孩子的學習進度和文法課程。

也有一位小學三年級的學員，他的爸爸很驚喜地與我們分享，孩子只學習十多堂的「玩轉文法」課程，就通過英檢初級。我想這個孩子的英文單字量和閱讀能力應該本來就不錯，而「玩轉文法」課程只是幫孩子重新梳理文法架構，結合大量線上練習，才能有這樣的成果。

以我自己走訪各級學校的經驗，目前國小和國中的英語教育，其實有很大的「斷層」，特別是文法——國小學童渴望快樂學習，但教室並沒有營造出「沉浸學習」的環境，加上學到的文法邏輯並不難，學童普遍要到國中才會顯現出程度不足。

值得注意的是，無論是英檢初級，或國中一年級課程，各式英文閱讀和國小高年級的英文課程儘管有重疊，但那是建立

在足夠的單字與文法基礎之上，才有辦法應付；換言之，要是能在國小就慢慢像「堆積木」一般累積自己的文法實力，面對國中課業，應該會比較輕鬆一點。

難道中文沒有文法？不！

有些人說，我們學習母語「中文」時，也沒有學文法啊！其實這樣的觀念是不對的，從小到大，身處母語環境，孩子跟著父母學習的過程中，就是不斷在接觸文法規則概念，如果不懂這些規則，根本連中文都說不好。

與其說中文「沒有文法」，精準來說，我們只是沒有特別記得文法的「專有名詞」，中文當然有名詞、動詞、連接詞、副詞、冠詞、形容詞等，只是我們在掌握這些「專有名詞」之前，就已經懂得如何使用，進而正確地說出口。

就像小朋友說：「**我想坐在紅色的椅子上。**」他不會說成：「**我椅子紅色的坐想。**」

孩子也許不知道所謂「名詞」、「動詞」的概念，但他在

生活中耳濡目染學到的是,「椅子」是個「東西」,不是個「動作」,自然不會用錯。

轉換成學英文,不一樣的地方是,我們缺乏「耳濡目染」的環境,讓我們去模仿、積累經驗;若是想要有效率地學好這個語言,便必須系統化我們的學習流程。

就如同取得新產品要先看懂操作手冊,首先,我們要搞清楚語言的使用規則,也就是文法;掌握規則以後,下一步,就是累積大量字彙、片語、句型等不同表達方式。

要能「玩」文法,最重要的一點,是千萬不要死記、硬背文法規則或表達方式;知道概念以後,不用肯定會遺忘,所以我們要透過最有效率的「五次間隔學習法」強化學習成效,方為上策。

英文初學者該掌握的文法概念

(一)了解基本詞類名稱和功能,像是名詞、動詞、形容詞等。

掌握詞類，是學好所有語言的基礎，學母語都需要知道功能及應用方法，更別說是把英文當做外語來學，小朋友或初學者學英文，除了 26 個字母和自然發音法以外，更要搞清楚基本詞類的名稱及功能。

名詞、代名詞

除了要學習物件本身的名稱，以利溝通外，當你想要說「那個」、「誰的東西」，當然也要學代名詞的文法規則，否則根本說不出口，容易產生誤會。

形容詞

能讓人說話更有趣、更活靈活現。

動詞與時態

英語不似中文，例如要說明「生病了」，是過去生病了？還是正在生病？時態不同，意思也大不相同。

形容詞和副詞

舉個簡單例子，中文裡，「的」和「地」的用法，相信大家都不陌生，我們一路上在學習中文時，都要清楚掌握才能使用，而轉換成英文時，當然同樣重要！

（二）常常有人說：用 a、an、the 都可以，用錯有這麼嚴重嗎？答案是：就是有那麼嚴重！

a、an、the 涉及的文法觀念是「冠詞應用」和自然發音法中「子音、母音的連結」，以及你想要描述的是「特定的物件」，或是「任何一個」都可以。

英文中的冠詞，跟中文的用法比較不同，會隨著所屬名詞的開頭音節發音而變化，這是因為：名詞開頭如果發音是子音，前面要加上冠詞 a；名詞開頭如果發音是母音，前面加上冠詞 an；而如果要特別指定某個標的物，這時前面的冠詞要用 the。

例句 Please get me a blue pen.
（請給我一支藍色的筆。）

例句 Please get me the blue pen.
（請給我那支藍色的筆。）

英文初學者看到這裡可能認為，不過是支筆，有無指定是哪支，有那麼嚴重嗎？那麼請試想以下情況：

　　在一個多對新人參與的聯合婚禮活動上，牧師要對新郎說：「你可以親吻新娘了。」這時，他應該怎麼說才對呢？

例句　You may kiss a bride.
（你可以親吻一個新娘。）

例句　You may kiss the bride.
（你可以親吻新娘。）

　　如果牧師說出了「You may kiss a bride」，那麼新郎就可以親吻在場任何一位新娘，後果不堪設想，引發多場婚姻危機！牧師會說「You may kiss the bride」，「the bride」意指被指定的新娘，也就是專屬於該位新郎的新娘，因此「the」的作用非常關鍵！

冠詞	用法	意指
a	搭配開頭是子音的名詞	一個（任何一個）
an	搭配開頭是母音的名詞	一個（任何一個）
the	搭配名詞	指定的

（三）基礎動詞、**be** 動詞、助動詞的人稱變化，一定要掌握好。

有些英文母語人士會說，英文只要能聽懂就好，何必在意第三人稱單數的動詞有沒有加 s ？以「日常生活使用」來說，他們的認知並沒有錯！如果只是想要旅遊，買東西殺殺價，當小販用英文做生意，那動詞變化用錯，真的沒有關係！但如果你在求職面試中，或是申請學位，動詞變化還搞不清楚，根本不會被錄取！

1980 年代，美國開始流行嘻哈、饒舌音樂，歌詞大量使用街頭英語（Ghetto English，或稱 African American Vernacular English）。時至今日，不少流行歌曲也廣泛使用，但那是比較特定族群的美語文化，在英文文法上，那是錯誤的。詳見以下專欄。

祕技

Ghetto English
街頭英語

你是否聽過以下用法？

例句　He don't wanna go.
（他不想去。）

例句　You ain't gonna lie to me.
（你不能對我說謊。）

有沒有發現哪裡怪怪的呢？
沒錯，正確的句子應該要是：

例句　He doesn't want to go.
（他不想去。）

例句　You are not going to lie to me.
（你不能對我說謊。）

　　然而為什麼，我們在生活中，經常看見類似的錯誤用法呢？其實這就是美國的 Ghetto English（街頭英語），或稱 African American Vernacular English（非洲裔美國人白話英語）。街頭英語用起來能呈現隨性不羈的感覺，在嘻哈、饒舌、流行歌詞中特別常看見這樣的用法。但要提醒你，要使用街頭英語，必須看場合，因為它在文法上是錯誤的。若你要到正式場合演說、求職、申請學校面試，使用街頭英語，旁人會以為你欠缺英文教育，導致不理想的結果。

　　讓我們再看一個例句。

例句 He won't do you no harm.
　　（他不會傷害你。）

　　有沒有發現這個句子用了兩次否定？一般來說，負負得正，兩個否定應該會變成肯定，但在街頭英語中，往往兩個否定其實就是要表達否定的意思。

　　上面的例子正確文法應該是：

例句 He won't do you any harm.

若你尚未深入非裔文化圈，在相關文化條件背景不足的情形下，任意使用街頭英語，對外容易給出你「文法造詣不夠」的錯誤印象。

因此，初學者特別切記，應該先打好基礎，再學習街頭英語的用法，才是正確的順序。

聽歌學英文，一定要慎選！

除了 RAP 歌曲經常出現非正統的「街頭英語」，一般現代英語流行歌，為了押韻方便或字數統一，也經常使用非正式的文法。若要學習英文，與其聽最新的流行歌，聽經典老歌才是捷徑，可以學到文法正確、用字優美的歌詞。以下幾個經典樂團／創作歌手，他們的作品每首都是金曲，還能學到最正確的英文文法！

1. 木匠兄妹（Carpenters）
2. 披頭四（The Beatles）
3. 老鷹合唱團（The Eagles）
4. 巴布・狄倫（Bob Dylan）

該上補習班？還是線上課程？

選擇適合的英語學習管道

學習英文，怎樣才是「最好」的方法？

我想，與其說「最好」，不如說應該找「最適合自己」的學習法。在臺灣學英語，很多家長可能馬上想到的是補習班。大街小巷，兒童美語、成人英語補習班林立，其最大優勢也許在於學員可以和老師互動，甚至很多補習班都「配備」了英語母語人士師資。但我建議**應該細究的是：老師是否有完整的教學計畫？**教室裡，應用英文、師生實際互動的時間足夠嗎？否則，光是去補習班每週補習一到兩小時，老師就算再會教，學習效果也恐怕是大打折扣。

另一種英語補習班則是「升學補習班」，走進這樣的補習班，學習的是考試技巧，**學生程度要能提升，關鍵在自己是不是夠主動，包括提升單字量、大量閱讀等**。在此我要重申，考

試技巧提升，並不等於英文程度提升！在大班制補習班，往往是 90％的學生為前 10％程度好的學生「進行陪讀」，更殘酷地說，是多數學生付錢成就他人。

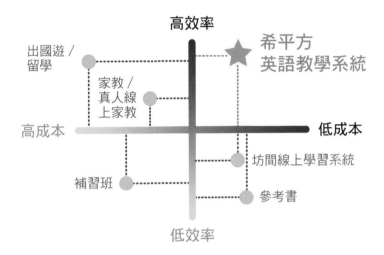

要解決這樣的問題，找優秀的英語家教可能是解方。此時還要注意：家教老師最好是一對一的模式，倘若是一對多的小班教學，老師還是難有時間細緻掌握學生的程度狀況，學生之間也會容易因同儕壓力，難以開口向老師問問題。當年我父親對弟弟和我的個性、程度瞭若指掌，我們兄弟之間因為感情融

洽也沒有什麼面子問題，教練一次教導兩位學生的模式才得以成功。另外我還是想再重申一次，一定要請家教老師提出課程規劃，若只是上課時漫談英語，學生恐怕是花冤枉錢。

近年來，相對具有較高 CP 值的各式線上課程興起，整體而言，線上課程的優勢更能普及、沒有時空限制。在英語師資（或英文能力佳的教師）有限的情況下，線上課程能夠讓更多人受惠，尤其是在偏鄉，更可節省學生通勤的補習時間，以及讓學生根據自己進度的學習。

然而，實體老師有傳道、解惑、鼓勵的功能，這是線上課程難以取代的，儘管現在 AR、VR、5G 和大數據等科技漸漸興起，**線上教學已經扮演「傳道」的角色，但是否能因材施教？又能不能透過系統讓學生進行必要的複習？**這些都是學生能否善用線上教學的關鍵。

英語學習管道比較

	注意事項	適合對象
實體成人美語英美語補習班	師生實際互動時間是否足夠？老師是否有完整教學計劃？	感受上課氛圍，敢發問的學生
傳統升學補習班	學生能否主動背單字，讀文章？	程度已不錯，著重提升考試成績的學生
一對一家教老師	老師有提出課程規劃？是否足夠了解學生的程度？	肯付出高成本，但學習動機較低的學生
一對一真人線上教學	系統能否因材施教，並確保學生完成多次複習？師資是否參雜非英文母語背景的打工族？線上老師是否不固定，無法持續追蹤學員學習狀況？	懶得出門，但能隨時安排時間學習的學生
影片式教學	學生程度能否被有效測出？學生能否主動背單字、讀文章？	已掌握自身程度，著重提升考試成績的學生
希平方	無	懶得出門，但能隨時安排時間學習的學生

英語學習的五大誤解

　　問一百個人，可能有一百零一種學英語的方法，每個人可以選擇適合自己的方法。然而，在習取方法之前，我想先回答以下問題，破除迷思：

　　第一，學英文，有辦法一步登天嗎？答案是：不可能！人的惰性很可怕，成功的關鍵就是自律，沒有自律的人就要靠半強迫的方式學習。也因此，「反惰性學習」非常關鍵。詳見本書第三章「反惰性學習」（P.149）。

　　第二，有辦法用背單字學英文嗎？答案是：不可能！久而久之，你會發現大腦記不住，背了又忘，也不會用，原因不是你的記憶力不好，而是你記憶的方式不對。這就是為什麼希平方的「五次間隔學習法」如此重要，能讓大腦無痛記住資訊。詳見本書第三章「五次間隔學習」（P.156）。

　　第三，找與自己程度相當的教材，會學得比較順利嗎？答案是：你不應該這樣做！人的潛力無限，拘泥於原本的等級，

你就永遠不會進步。首先你應該做的，是脫離舒適圈，透過
「適性跳級學習」的方法，讓自己能力不斷升級！詳見本書第
三章「適性跳級學習」（P.175）。

第四，出國就能學好英文？許多人即使遊／留學，出國打
工渡假，甚至有機會在國外長期生活，英文程度卻仍是無法有
效提升，原因就是：他們的生活圈侷限在臺灣學生交流會、臺
灣人社團等，無法拓展到當地人的生活圈當中。我在美國求學
就職期間發現，有留學生從小學時期就到了美國，但在當地待
了將近 20 年，生活中都只需用到中文，僅偶爾會在餐廳點
餐、超市買菜時使用非常基礎的生活英語。為何會如此？因為
當地華文超市是講臺語都會通！如此，出國怎麼能把英文學好
呢？「避開挫折」是人的天性，所以如果不刻意製造機會讓自
己脫離舒適圈，人就永遠不可能有成長與進步的空間。詳見本
書第三章「沉浸式學習」（P.186）。

第五，看電影或美劇就能學好英文嗎？電影或美劇都是很
好的學習素材，關鍵在於，是否用對方法學習。想透過看電影
／美劇學英文，建議可以分階段性觀看：第一階段，開啟中文
字幕，以輕鬆的心態了解劇情；第二階段僅開啟英文字幕，確
認自己是否正確聽懂每個字；第三階段，關閉所有字幕，一直

重複聽，直到自己能全部聽懂。此外，學習要有計畫性，不能流於娛樂性質，例如一部 50 分鐘的電影，或是一段 10 分鐘的美劇片段，要安排自己在一個月內完成以上三個階段的練習，才能有效學習。

影片的挑選很重要，最多人推薦學英文看的美劇是《六人行》（*Friends*）。劇中對話非常生活化，又具有高度娛樂性，觀眾不會排斥重複觀看，因此方便重複學習。

很多家長也喜歡透過電影或影片讓孩童學英文，我建議父母要掌握兩個原則，一是小孩要喜愛影片本身內容，二是一定捨棄中文配音，看英文配音。記得我的女兒幼稚園初看《冰雪奇緣》（*Frozen*）英文版，很多人質疑問我：她看得懂嗎？事實上，小孩看電影畫面聽著英文，可以抓到一些重點的表達方式，喜歡了就會多看，無形中聽力和語感也能慢慢累積。

看電影學英文，最重要的是要先滿足學員的娛樂需求，學員才有動力重複學習，進而不斷地重複聽、聽懂每個字，達成有效率的學習和複習。詳見本書第三章「母語式學習」（P.194）。

學習見證

學英文根本不是為了考試！

──程式男孩許云澤

到底學英文是為了什麼？

學好英文根本不是為了考試！
學好英文根本不是為了考試！
學好英文根本不是為了考試！

這句話，我連續寫了三遍，代表這句話真的非常重要！為何說「學好英文根本不是為了考試」呢？

如果你是學生，隨著一〇八年課綱的到來，一定聽到大家更加強調「自主學習」。不過，自主學習的資源從何而來？所有的資源會都是「正體中文」嗎？當你發現，有興趣的知識是英文居多，該怎麼辦？

我自己就是個例子。我愛撰寫程式，也就是 Coding，撰寫程式的初期，我都是看中文書學好基礎，慢慢磨練。不過時間一久，就會發現有一些稍微進階方面的知識，中文的資源實

在太少，用中文 Google 根本找不到資料，所以英文就派上用場了！

如果你會基礎的英文，就可以直接看懂英文的資源。全世界使用英文的比例非常高，資源必定比中文來得豐富！

另外，你還可以到英文的各大社群直接用簡單的英文發問，馬上會有專家來熱心幫你解決問題。

人家說：「書到用時方恨少」，英文卻相反，給了我「書到用時方知多」的感受。因為當你學會了基礎的英文，你才會意識到「你已經開啟了另外一個人生」。

既然知道「擁有英文基礎的好處」，那麼到底該如何學英文呢？是什麼原因讓許多人聽到「英文」這兩個字，馬上倒退三步？答案就是臺灣的考試制度。

多數害怕英文的人，都有這麼一個「可怕的學習過程」：幼稚園、國小開始學英文 → 目的只有考試 → 被強迫背單字 → 考試完忘光光 → 單字愈出愈多 → 只是為了考試，無法應用在生活中 → 背單字 → 忘單字 → 放棄英文。

　　沒有人能在這種可怕制度下學好英文，就算有，一定是少數！如果今天叫你記住一連串的「符號」，然後一直記，一直考試，但在生活中完全無法活用，沒有人會接受的！

　　所以，學好英文，應該從目標改變，把學英文的目標放在「活用在生活中」，而不是「考試」。如此一來，學英文便不是一件難事，而是一件有趣的事。

　　我自己在英文學習平台「希平方」上超過三百堂課，一堂完整課程約一個小時，英文能力大幅提升。到底是什麼原因，讓我能夠持之以恆地上了足足超過「三百堂」課程呢？

　　希平方把很多有趣的外國短片經過整理，做成學習教材。換句話說，你可以選擇你喜歡的影片，上完課程後，你就獲得不看字幕，也能聽懂整部英文短片的能力。

　　希平方提供的學習方式很特別，設計也非常厲害！每次新課程只有約十分鐘，剩下的時間都在複習。雖然每堂課只有十分鐘新進度，卻可以把之前的課程不斷「用不同方式」複習，讓你對課程超級熟，所以不會有學完就忘記的問題。整體而言，我覺得有三大優勢：

第一，入門門檻低

　　與臺灣的學校、補習班相比，希平方的課程難度都可以自己選擇，不像實際課程為了符合大家需求，難度必須根據課堂規定，有時候整堂課聽下來有聽沒有懂。就算你是英文的初學者，只要擁有國中英文基礎，就能上手希平方課程，假如遇到任何不會的，也可以透過希平方的「線上問答系統」直接發問，要問多少就問多少，並沒有任何限制。

　　有些人可能擔心，一定要有國中程度嗎？國中程度又是什麼呢？我個人是在國二的時候開始使用希平方，一開始，從最簡單的程度開始，具體一點說，只要會「自然發音」、「基礎文法詞性」就可以加入課程；要是欠缺文法基礎，也可以到希平方網站，從「玩轉文法」這款 APP 課程開始學。

第二，課程內容有趣

　　學英文痛苦的原因，就是為了考試而學。在希平方學習系統當中，課程的難易度與課程內容由學生自己決定。你可以選擇你喜歡的課程類型，每當你上完一堂課，系統就會根據你的程度推薦你可能喜歡的幾部影片，讓你選擇。我自己就會選擇有興趣的課程，譬如有趣小知識、冷知識，甚至連撩妹相關知識都有，所以最後我幾乎把所有選課偏好都勾起來。

第三，上課方式多樣，通勤也能輕鬆學

身為一名高中生，每天快要一個小時的通勤時間，自然可以好好運用，希平方設計的手機 APP 對我來說真的是一大福音，使用者體驗非常好，跟用電腦學習沒有什麼差別。

我從國中開始使用希平方，現在就讀高中之後，我依舊每天上一堂課。也許你會問我：「高中生這麼忙，你要寫網站，又要補習，哪裡來的時間使用希平方呢？」但因為希平方課程設計的方式，就算是一分鐘，也可以拿來學英文，所以我都把零碎的時間拿來學英文。

有些人可能會問：「你只靠希平方英文就學得那麼好了嗎？」以現在的教育制度，學校所教的英全部都是「文法、單字、句型」，最多再加上「寫作」，不可能有學校的英文課能夠長時間訓練聽力和口說能力，而在學校的模擬聯合國活動中，我深深體會到口說與聽力的重要。我能肯定地說：**我的英文口說、英文聽力當中，有 90％的進步仰賴希平方的課程。**只有不斷地聽英文，不斷地說英文，才有辦法在「聽力」與「口說」方面進步，這也是我英文能制勝的關鍵。

出國學英文，好還是不好？

每當聊起 24 歲來到美國，都會微笑，初心，當然不是為了要學英文，我想打 NBA 啊！

抵達美國的第一天，我見到有一群黑人在街頭打籃球，我迫不及待加入，但才上場，我的 NBA 夢就醒了。他們實在太強了。倒是這群黑人朋友問我：怎麼英文說得那麼流利？原來他們所遇見的臺灣留學生，就算待了好幾年，也還是難以用英文好好溝通。

矽谷，是我求學、工作的地方，那兒的華人很多，多數都是說中文，久而久之，英文在生活中幾乎無用武之地。我周遭非常多的朋友，除了用英文應付課業，就算高中就去美國當小留學生，大學階段的英文程度還是不足以考上大學，得先念語言學校（至少念兩年起跳）；甚至有一些專業人士在美國生活了三十年，英文應用程度僅限於餐廳、超市。**人有避開挫折的傾向，待在舒適圈也成了人之常情，如果本人沒有學好英語的動力，那麼即便待在西方國家生活數十載，也是枉然。**

　　當我回到臺灣，也常常奉勸苦心的爸媽，別花冤枉錢，更別浪費時間。**把孩子送去國外絕不等於是留學，更別期待英文就會突飛猛進**。留學之前，應該先準備好英文。那麼問題來了，多好才是「好」？

　　我認為，應該先累積足夠的字彙量，**至少要嫻熟三千字（約莫臺灣的高中生畢業程度），才足以應付生活，進而探索專業領域的知識。**

　　除了英文，「人品」養成非常重要，不少孩子國小就被送去，爸媽卻忙著留在臺灣賺錢，請託給親戚照顧，那根本不是管束（親戚也不一定敢幫忙教養）！人在異地、缺乏父母支持的孩子因為被霸凌，感受到生存壓力而加入幫派，甚至沉迷於賭博、吸毒，都是時有所聞。

　　以我自己經驗來說，就算成年才出國留學，也不是能這麼快適應國外的環境。當時留學代辦幫我找了寄宿家庭，宣稱到社區大學交通僅僅五分鐘，到了那兒，才發現光是搭公車就要耗費一小時，我早上七點上課，肯定來不及。

　　於是，我去連鎖超市買了一輛很便宜的腳踏車，每天上學

騎十七公里的路程，下課時，則搭公車。儘管腳踏車可以上公車，卻必須放置於固定的架子上，我第一次上公車時，研究了半天都無法搞定。揮汗十分鐘後，我忍不住開口請求司機幫忙，但她說，她只能坐在位子上，那是她的職責——我又忙了五分鐘，最後大聲喊出：有沒有任何人可以幫我？

一位乘客挺身而出，三秒鐘，就擺好腳踏車。當我更加理解美國文化之後才發現，原來美國人很尊重彼此，擅自幫忙，可能反而怕惹毛人。那真是非常巨大的文化衝擊，臺灣人總是習慣熱情幫忙路上看似需要幫助的陌生人。若是我年紀更小，尚未養成獨立人格，恐怕我當下會想馬上飛回臺灣。

今日，我已經有了一個可愛的女兒，要是問我，有計劃何時把孩子送去美國的學校？我想最快都是要她在臺灣讀完高中，才會考慮；而**若是要在孩子讀大學以前，就送出國，我強烈建議：父親或母親至少有一方應該陪伴。**

如果要去美國直接讀大學，得先考美國大學委員會所舉辦的「學術水準測驗考試」（Scholastic Assessment Test，又稱SAT），才具備申請的資格；或是可以考慮先念社區大學，再轉學至一般大學。對外國人來說，SAT是用英文考各種知識，

現在臺灣已出現相關補習班，甚至有高中學制是接軌美國——只是，真的所費不貲。另一條相對簡單的路，則是在臺灣高中畢業後，考托福、雅思或其他英文檢定測驗，先念美國的社區大學，再轉入四年制大學（這背後有很多「眉角」，代辦也比較少人協助學生做這件事情）。總歸下來，針對有意赴美念書的臺灣孩子，可以選擇以下兩種作法：

一、讀具有國際文憑（International Baccalaureate，簡稱 IB）的學校。IB 學制的學校不等於雙語學校，但會培養學生儘可能擁有「英語母語能力」。由於 IB 學校必須聘請英語師資，每年學費動輒新臺幣五十萬元到一百萬元，費用並不親民，而美國學制的數學、理科，也不見得能比臺灣學制更為紮實。整體來說，IB 課程通常分為三個階段：

✓ **PYP**（PRIMARY YEARS PROGRAM）
幼兒園到國小階段

✓ **MYP**（MIDDLE YEARS PROGRAM）
國小高年級到國中階段

✓ **DP**（DIPLOMA PROGRAM）
高中階段，想要申請外國學校、持續升學者適用

近年來，因為教育制度改革，讓許多私立學校也跟風申請成為 IB 學校。當臺灣的雙語學校林立，該如何確認是否有獲得「國際文憑組織」（International Baccalaureate Organization，簡稱 IBO）認證呢？很簡單，上網查吧！我簡單羅列，統計至 2020 年底，臺灣有八所被認證的國際學制學校（見 P.80 ～ 81 圖表）。

二、考托福後，申請社區大學，如果成績不夠則要念語言學校，社區大學再轉入四年制大學。就我觀察：在美國語言學校讀書的學生，大概一半能取得合格的 ESL（English as a Second Language）成績；而畢業後，能從社區大學（兩年制，畢業後能取得文學副學士 AA、理學副學士 AS 或應用科學副學士 AAS），轉入美國大學（四年制，畢業後能取得文學學士 BA、理學學士 BS 或藝術學士 BFA）的學生，大概 10％ 左右，為什麼比例不高？就是因為英文程度不夠。總結下來，能從美國語言學校畢業，英語能力足夠進一般大學的學生，約僅占 5％。這也再次證明：必須主動為自己創造大量接觸英語的機會，出國學英語才能顯現其價值。

依據我的留學經驗，我想奉勸大家一句：不論幾歲，英文沒先準備好，不要貿然出國留學。否則，不僅容易被外國人欺

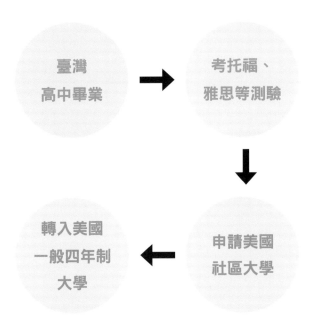

負，又容易浪費錢，而學生自己欠缺學習成就感，又更不想學，惡性循環之下，真的會很痛苦。

臺灣接軌國際學制的學校

學校名稱	PYP （3~12 歲 適用）	MYP （11~16 歲 適用）
I-Shou International School 高雄義大國際學校	✓	✓
Kang Chiao International（Taipei Campus）臺北康橋國際學校		✓
Kaohsiung American School 高雄美國學校		✓
Ming-Dao High School 臺中明道高中		✓
Taipei American School 臺北美國學校		
Taipei European School 臺北歐洲學校		
Taipei Kuei Shan School 臺北奎山國際學校	✓	✓
Victoria Academy 雲林維多利亞雙語中小學		

DP（16~19 歲適用）	使用哪些語種授課		
✓	英文	中文	其他
✓	英文	中文	其他
✓	英文		
✓	英文	中文	其他
✓	英文		
✓	英文		
✓	英文		
✓	英文	中文	其他

資料來源：**https://www.ibo.org/programmes/find-an-ib-school/**

邁向雙語教育之路：
必須突破的三道關卡

第一道關卡：解決師資英文能力普遍不足的問題

　　臺北市永吉國小雙語中心主任、也是英文老師的鄭祐竹形容，教雙語像是「中年轉換跑道」，因為不再有課本可以參考，得自己找教材，準備各式教具媒材。和外師協同教學，也需有更多討論，這些都需要花費許多心力。

　　——《親子天下》111 期，〈全臺 300 ＋公立國中小掀雙語課熱潮〉

　　翻開雜誌，看到第一線英文老師的心聲，與我的想法不謀而合，報導中，這位老師身處臺北市，而我曾經走訪臺東、南投等地的偏鄉學校，發現英文老師在落實雙語教育時，普遍顯得心有餘而力不足。我曾造訪超過兩百所國、高中，現狀是：大部分老師的英文程度，都不足以完成全英語教學（英文科老

師也不例外）。此外，老師的學習動機不足，也是一大問題。曾經，有學校邀我協助提升校內老師的英文程度，我採用系統教學加上實體講座，只是效果有限，主因是：老師要主動持續進修，實在缺乏誘因。也因著對文化差異的掌握不夠細緻，當老師用母語（中文）對學生講課，可以口沫橫飛、神采飛揚，用英文講起來，明明好笑的故事，卻無法講得同樣有趣，學生也笑不出來。試問，有哪位老師會希望在這樣的狀態下就進行全英文授課呢？臺灣國高中師資自身都尚未習慣全英語環境，面對全英語教學的這項挑戰，確實還需要調適的空間。

多數民眾以為，外師「比較會教英文」，但這是誤解，外師們良莠不齊，有些人是「外籍人士」，但能力不足以為「師者」，他們欠缺教育經驗，不知道如何引導學生，只是與學生用英文聊天，事先完全不備課。

進一步而論，所謂的雙語教育，得要以英語教專業課目，對於外籍師資來說，能教英語會話的資格門檻相對沒這麼高，但若要教專業科目知識（如物理、化學、生物），外師需要通過專業教師資格考試。然而在臺灣，擁有專業教師資格的外師堪稱稀有動物，薪資普遍是臺灣本地教師的三倍，若要聘請，在校園財務以及教師內部管理的公平原則上，都會有障礙。

第二道關卡：解決學校教育與學生程度 M 型化，必須靠因材施教

　　高舉著 2030 年轉型為雙語國家的大旗，臺灣的教育現況是：在某些縣市的中等學校裡，三分之二的國中入學生連 26 個英文字母都不識得，遑論自然發音法、基礎文法。面對這群需要補救教學的學生，即便有教材，也是難以著手，因為老師一人面對數十名、甚至百名學生，要一一診斷每位學生的英文程度，真的有難處。

　　曾經有機會與臺東新生國中、南投中興國中英文科老師面對面交流，我分享了如何運用科技和線上資源，輔助孩子學習。我的背景故事和希平方的複習理念引發不少共鳴，但當時規劃的程度對孩子來說太過艱澀。有幾位老師曾跟我說：「如果程度能夠往下降一些，讓孩子能夠吸收，希平方會是很好的補救教材……」

　　從都市到鄉鎮，臺灣不負科技島的美名，校園硬體設備是足夠的，缺的是什麼？正是輔導孩子的師資。補救，需要量身打造，以我自己創立希平方的初心，就是希望成為老師的夥伴，讓老師結合系統，為每一個可貴而程度不一的孩子診斷程

度，適性安排，成為學生的專屬教練。

　　偏鄉的教育經驗回饋，讓我努力催生「玩轉文法」課程，盡力解決英文教育 M 型化的一端，把孩子「好好接住」──他們值得更多關注、更有效率的補救教學。有一位住在南投部落裡的學員，在接觸希平方以前，每次出門補習英文，交通時間單趟就要三小時。但山裡有網路、有 3C 設備，希平方為他省去了通勤時間，可以更專注於學習。當然吸收之後，所獲取的成就感，是一切學習的關鍵。

　　不可否認的是，M 型化的另一端，是享有比較豐富資源的家庭，父母對孩子有著深切的期待，從幼稚園起，就把孩子送去標榜「外師」師資的學校，然而，曾聽不少朋友們提起，孩子讀幼稚園，外師年年都是不同的面孔，這背後隱含的結構性問題是：在臺灣，老師的薪酬該如何調整，方得留住人才？這並非一朝一夕可以解決的，要轉型為雙語教育，市場機制之下，開高價聘請外師絕對比培訓臺灣老師的英文能力更立竿見影，但這無疑是治標不治本。

　　希平方透過系統，走線上、線下整合（應用在企業內部訓練、校園）的方式教學。我挑選外籍師資時，有教師執照是加

分，但我同樣看重的是，外師應該提出教案規劃，如果是一味
「學生聽、老師講」，欠缺分組討論，可能就不是我心目中理
想的外師；此外，課堂上，精采的教學與氣氛掌握也很重要，
如果常教到讓人睡著，那學生吸收的效果一定大打折扣。

學生程度與教育環境 M 型化的循環

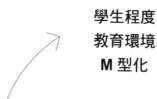

學生程度
教育環境
M 型化

高品質教育需求
聘請外師蔚為風潮

外師聘請不易
要獲得高品質外師教育
只能選擇私立學校

第三道關卡：老師轉型為引導者、教練

回想起多年前，我在美國的大學裡上英文課，每一堂課都有指定閱讀，上課之前，學生得先充分準備，一上課，老師就開始抽點問題，進行加分扣分，要是沒讀過，整堂課只能以「慘烈」形容，學生根本不可能回答得出老師的問題，但透過師生之間的挑戰與互動，老師成功扮演了學習之路上「引導者」（facilitator）的角色。

回到臺灣後，我去臺大上 Global MBA（企業管理碩士專班），統計老師非常酷，每一堂授課內容會先上傳到 YouTube，來到實際教室，就是分組競賽，看起來很激勵人心，但反映出兩個狀況：第一，多數老師欠缺這樣的技能，除了必須掌握運用科技能力，也欠缺誘因，去改變教學模式、重新準備師生互動；二者，班上學生約莫只有四分之一會先看 YouTube 課程，要真的「翻轉教室」，學生的參與度還要再拉高。

改革，從來都不容易，老師畢竟是一份公職，要提升師資能力，希平方能做的是為老師設計一套模組化的好工具，和老師互相搭配，讓老師可以更簡單上手，但最重要的是，老師要

跨出這一步，思維必須轉換，從傳道、授業的功能，轉換為「引導者」。

引導者，讓學生開口說英文

> 1. 獨立報告
> 2. 分組討論與思辯
> 3. 發問

「引導者」老師不需擁有頂尖英文程度，而是要著重落實「引導的作業」，引導學生用英語閱讀、表達和思考。老師角色要從傳統的教學和知識的給予者，轉換成引導者的角色，把發言權還給學生，讓學生討論、發問與思考。

因此，學生的學習不僅限在教室中，老師要先尋找適合的內容或題材，無論是一篇文章、一個議題或一本書，讓學生先行研究預習過，再於課堂上進行發表、討論。老師在課堂上最重要的教學工作，是要透過分組討論、簡報或心得分享等方式，引導學生培養自己的觀點，建立不畏發言的習慣，並藉著

各種同儕的討論、思辯等互動，激盪出從各種面向分析事物的角度。

雙語教育的未來

不論學生或老師，若能借助科技力量學英文，雙語教育將不再是口號，而是必然的趨勢。而要讓每一位學生都接收高品質又適性的英語教育，就要借助科技的力量，解決師資能力不足、學生接收的教育品質不足的窘境。現在正是最好的時機，讓科技完成「傳道授業」的功能，真人老師則扮演「解惑與互動鼓勵」的角色，這將會是臺灣落實雙語政策的最佳解法。

第二章

每一天，
都可以是英語的起點

英語自學三大基本功：
正確查字典法、正確作筆記法、
自然發音法（字母拼讀法）

　　英文能不能自學？我想答案是肯定的，但建議在學習之前，先養成三大基本功，分別是正確查字典法、正確作筆記法、自然發音法（字母拼讀法）。以下介紹實際操作的方法：

（一）正確查字典法

　　先仔細閱讀要查的單字所屬段落的前後文，來判別單字的詞性，這個動作非常重要！我觀察五萬多個學生實際查字典的情況，發現竟然有高達八成的人根本不知道怎麼正確使用字典，他們只是隨意掃過中文解釋，選一個看起來比較像的記下來，就當作已經學會了。事實上，如果沒有看清楚前後文，根本不可能判斷正確的詞性，更別說選擇正確的中文字意。隨便亂選一個解釋，誤解文意，日後反而要花兩倍甚至三倍的時間才能矯正回來。

正確的查字典步驟

步驟一：判斷詞性

What is [the make] and model
什麼 是 ？ 和 型號

從句意，判斷詞性
為名詞（n.）

of your car?
屬於 你的 車

步驟二：查線上字典，鎖定詞性

（以下內容取用 Dr.eye 譯典通）

make 👤 👤 🔊 國小 國中 BEC IELTS   🔁 ① 🔊 f Share 0

KK:[mek] DJ:[meik]

vt.
1. 做；製造；建造[O1][（+for）] ⊞
2. 做出（某種舉動） ⊞
3. 使得；使……做……[O3][O7][O8][O9] ⊞
4. 到達；趕上 ⊞   （……後略）

vi.
1. 正要做，剛要開始做[+to-v] ⊞
2. 朝某方向走去

n.
1. 品牌；型；樣式[C][U] ⊞ ——— 鎖定！
2. 性格；氣質；體格[U][C]

步驟三：在詞性中，找出最正確字義

（以下內容取用 Dr.eye 譯典通）

n.
1. 品牌；型；樣式[C][U] ⊞
2. 性格；氣質；體格[U][C]

根據原句前後文，判斷此為最正確的字義

範例 What is the make and model of your car?

你的車子的 _____ 跟型號是什麼？

很多人看到 make 就以為是動詞「做、製造、獲得」的意思，這裡如果隨便選一個解釋，直接寫下「車子的製造跟型號」，那真的誤會大了。看看前後文，應該可以判斷這裡的 make 跟 model 一樣是名詞。

既然知道是名詞而不是動詞，接著就要在字典裡面找出對的詞性，再來選擇最合適的中文解釋，詳見前頁「正確的查字典步驟」示意圖。

從圖中我們可以看到，make 這個字當作動詞雖然有很多不同用法，但我們剛剛已經排除動詞的可能性，看到名詞的話只有列出兩種意思，而進一步觀察例句後，很容易就可以歸納出結論，在這裡 make 真正的意思就是「品牌、牌子」。

查單字的正確流程

1. 先看文章、段落的前後文，判別單字的詞性。

　　2. 翻開辭典，從自己初步判斷的詞性，選擇單字的意思，如果是動詞，便在動詞裡面，找出最適切的意思。各種詞性中，最難的算是動詞，動詞變化多，搭配不同介係詞，又有不同的意思，多查幾次，往往能為自己建立應用單字的脈絡。

　　3. 字典裡，例句最重要，找類似的結構和用法，進而選出對的註釋。

查字典的大忌！

> **1.** 一次貪心背下單字的所有字義。（一個單字通常有多種字義，如本章「正確的查字典步驟」所示。正確方法是根據遇到的例句學習單字的特定字義，而非一次硬背下所有字義。）
>
> **2.** 直接背中文解釋。（必須按照當下遇到的例句，來學習該單字，才是正確的方法。）
>
> 後果：印象不會深刻，不會應用，即使硬背下來，記憶也難以持久。

（二）正確作筆記法

自學英文時，再尋常不過的「作筆記」十分重要！過去，我查好英文字的意思之後，便直接把陌生的單字畫底線，寫上詞性和意思；然而，父親要求我將中文註釋寫在頁面邊緣，方便在複習時，蓋住中文註釋，隨機抽考（第一天抽考，我只能答對約莫一半的題目，反覆測驗到了第五天，竟然全部都能答對）。

複習時，看到答案就在單字旁，自然會去看；反之，把註釋拉出來，寫到書本的邊緣，不要一眼看到，是可以強迫自己多思考。靠自己去想想看單字的意思——用對的方式

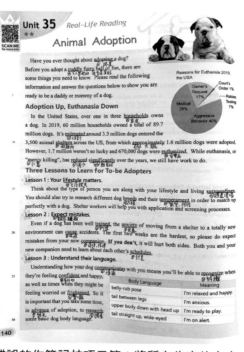

錯誤的作筆記技巧示範：將所有生字的中文字義，都直接寫在單字旁

作筆記，自然可以形成對的思考過程。當下，也許想不起單字的意思，看前後文去猜，猜一次、兩次、三次，記憶就會愈來愈深刻。

　　希平方課程系統介面中，不會把單字的所有解釋都列出來，如果需要進一步的解釋或例句，可以再點選使其浮現，讓學員做到「重複接觸同一個單字，不用硬背也能從文章中判斷字義」。

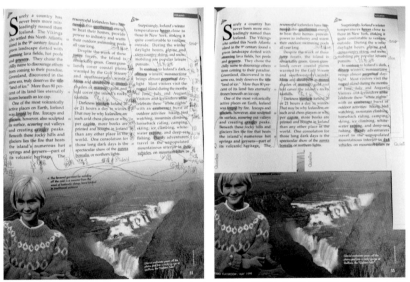

正確的作筆記技巧示範：將字義寫在頁緣，複習時可用便條紙蓋住，訓練自己從前後文判斷字義，記憶會更深刻

典或教材，在沒有真人老師從旁協助之下，早年單字多半是
「無聲的」，需要一套準則，讓英語自學者可以在紙本的教材
中，了解單字的正確發音；但現在科技推動你我前進，透過查
電子字典或線上字典，不用看懂音標，按下一鍵「發音」就能
輕鬆掌握單字發音，音標只剩些微的輔助功能。

　　許多初學者在一開始可能都會有類似的問題：究竟要學
「自然發音法」（字母拼讀法）還是「KK 音標」呢？哪種學習
方式對口說會比較有助益呢？以我來說，是在國小時，母親拿
著從圖書館借回來的 26 個英文字母書，親自傳授我的自然發
音法（字母拼讀法）。

　　發音是任何語言學習中最重要的一環，英文當然也不例
外。KK 音標對於精準發音較有幫助，但需額外學習熟悉另一
套符號，對初學者來說，負擔不算輕；反觀自然發音法（字母
拼讀法），則是模仿母語人士從小學說話的方式，從基本發音
組合開始學起，隨著字彙量成長慢慢累積，對於初學者來說相
對容易上手。大致上，自然發音（字母拼讀法）可歸納為以下
三步驟：

三步驟：

第一步：A 到 Z 的基本發音

英文中的每個字母，都有讀音（name）以及發音（sound）。以 b 為例，讀音類似「逼」，而發音則類似「ㄅ」。學習自然發音（字母拼讀法）的第一關，就是要先認識 26 個字母的讀音與發音。

第二步：基礎發音組合

英文發音最小單位，稱為音素（phoneme），而音素又有母音（vowel）與子音（consonant）之分。兩者差別在於，發母音時，氣沒有受到任何阻礙；發子音時，氣會受到舌頭、牙齒、嘴唇等阻礙。以中文為例，「ㄅㄨ」中的「ㄅ」是子音，而「ㄨ」則是母音。而每個單字，都至少會有一個母音；熟悉26 個字母的發音後，接下來可以從母音開始，一步步認識基本音素。

第三步：語言有規則，也有例外

英文並不是一個「100％怎麼念就怎麼拼／怎麼拼就怎麼念」的語言，例外很多，尤其是母音的部分；因此，認識單字的時候，一定要搭配發音，邊念邊學。

自然發音法（字母拼讀法）入門一覽表

相關介紹：
https://www.hopenglish.com/hope-tips-basic-phonics

母音

字母組合	發音參考	例字
有聲子音		
b / bb	ㄅ	banana / bubble
d / dd	ㄉ	duck / add
g / gg	ㄍ	glass / bigger
j / g / dge / ge	ㄐㄩˋ	jelly / gym / bridge / page
l / ll	ㄌ	life / bell
m / mm / mb	ㄇ	money / summer / comb
n / nn / kn	ㄋ	night / dinner / knot
r / rr / wr	ㄖ	rain / carrot / write
v / ve	咬下唇ㄈ	vase / five
w / wh / u	ㄨ	watch / what / queen
z / zz / s / se	ㄗ	zip / buzz / his / please
s / si / z	ㄐㄩㄜ	treasure / television / seizure
th	咬舌ㄉ	then / father
ng / n / ngue	ㄥ	ring / pink / tongue
y / i / u	一＋原母音	you / onion / cute
無聲子音		
f / ff / ph / gh	ㄈ	fish / cliff / photo / enough
h / wh	ㄏ	hello / who

子音

字母組合	發音參考	例字
c / k / ck / q / ch	ㄎ	<u>c</u>at / <u>k</u>itchen / du<u>ck</u> / <u>q</u>ueen / <u>ch</u>ris
p / pp	ㄆ	<u>p</u>ig / pu<u>pp</u>et
s / ss / ce / se / c / sc	ㄙ	<u>s</u>un / ki<u>ss</u> / sin<u>ce</u> / mou<u>se</u> / <u>c</u>enter / <u>sc</u>ene
t / tt	ㄊ	<u>t</u>oe / li<u>tt</u>le
ch / tch / tu(re)	ㄑㄩ	<u>ch</u>ip / wa<u>tch</u> / fu<u>tu</u>re
sh / ch / ti	ㄒㄩ	<u>sh</u>oe / ma<u>ch</u>ine / sta<u>ti</u>on
th	咬舌ㄙ	ma<u>th</u>

單母音		
a	ㄟ＋ㄚ	<u>a</u>pple
e / ea	ㄝ	<u>e</u>gg / br<u>ea</u>d
i / y	一·	h<u>i</u>t / g<u>y</u>m
o / a	ㄚ	p<u>o</u>t / w<u>a</u>sh
u / o / oo	ㄚ＋ㄜ	<u>u</u>mbrella / c<u>o</u>me / bl<u>oo</u>d
a / o / oa / ough	ㄛ	<u>a</u>ll / d<u>o</u>g / br<u>oa</u>d / f<u>ough</u>t
oo / u / ou	ㄨ	l<u>oo</u>k / b<u>u</u>sh / w<u>ou</u>ld
ir / er / ur / or	ㄦ	b<u>ir</u>d / t<u>er</u>m / b<u>ur</u>n / w<u>or</u>d
a / e / i / o / u（輕母音）	ㄜ	<u>a</u>bout / cel<u>e</u>brate / pres<u>i</u>dent / kingd<u>o</u>m / camp<u>u</u>s
ee / ea / ie / e / ey	一～	tr<u>ee</u> / t<u>ea</u> / gr<u>ie</u>f / m<u>e</u> / k<u>ey</u>
oo / ou / ew / u-e	ㄨ～	c<u>oo</u>l / s<u>ou</u>p / st<u>ew</u> / t<u>une</u>

雙母音		
ai / ay / a-e	ㄟ一	r<u>ai</u>n / tr<u>ay</u> / g<u>ate</u>
oa / ow / o / o-e	ㄛㄨ～	b<u>oa</u>t / l<u>ow</u> / n<u>o</u> / b<u>one</u>
igh / i-e / y / i / ie	ㄞ一	l<u>igh</u>t / l<u>ike</u> / sk<u>y</u> / <u>i</u>sland / p<u>ie</u>
ou / ow	ㄠㄨ	h<u>ou</u>se / c<u>ow</u>
oi / oy	ㄛ一	c<u>oi</u>n / b<u>oy</u>

聽、說、讀、寫，如何精準學習？

🔊 流利對話第一步，正確訓練聽力掌握三關鍵

很多人都希望自己未來能用英文流利對話，因此，不斷地去學怎麼講各式各樣的句子。殊不知，流利對話第一步應該是「瘋狂地練聽力」。

若你連聽都聽不懂了，怎麼回答呢？怎麼進一步模仿英文母語人士說話的樣子，進而講出好聽的英文呢？我們小時候學中文，也都是從不斷地「聽」周圍的人說什麼開始的，「聽力」是如此地重要，但很多人卻不知道怎麼做才能提升聽力。以下分享訓練聽力的三個關鍵。

關鍵一：密集地聽母語人士平常說話的聲音

要了解對方在說什麼的第一步，一定是「讓耳朵能接收到清晰的英文字」。若你聽到的內容總是糊成一團，或者你一聽到英文就害怕，自動拒絕接收已到你耳邊的英文字，那你的大腦根本無法進行下一步「句意理解」。

要習慣母語人士說話的「音樂性」（咬字發音、抑揚頓挫、節奏快慢、表情等），其實很簡單。只要密集地讓自己沉浸在他們的聲音中，一陣子後即可改善耳朵塞住的情況。

我建議，盡量不要找「為外語學習者特別錄製的教材」，因為聲音速度可能都是放慢的，而且不一定有表情，不符合實際狀況，導致你自己看英文電影影集、YouTube 影片時，聽不懂的機率可能還是很高。

剛開始接觸母語人士平常講話的聲音時，你可能會覺得「媽呀！這麼快！哪聽得懂」、「回去聽慢速版好了」，但「萬事起頭難」是大家都知道的道理，只要你要堅持下去，不要害怕，勇敢面對，不久後就會習慣了。

關鍵二：大聲跟讀模仿，增強聽力敏銳度

當你密集大量聽英文後，便有能力可以觀察出母語人士說話的「音樂性」（咬字發音、抑揚頓挫、節奏快慢、表情等），進而開口模仿，練出一口漂亮的英文。

但可能有同學會滿頭問號，這不是算口說訓練嗎？跟聽力有什麼關係呢？

是這樣的，在開口模仿的過程中，你一定會為了要說得很像，而仔細地反覆聽每一個字，無形中也讓自己的耳朵更敏銳，連 in、on、the、of 這些通常會念很快、很輕的字都聽得到，聽力、口說當然有辦法一箭雙鵰。

關鍵三：加快理解句意的速度

若你已經能聽到清楚的英文字，卻不了解該單字是什麼意思，或該動詞變化有何意義，以至於無法正確理解整個句子，那真的是可惜了。因此，想要提升聽力的話，大量累積單字片語、了解文法邏輯、熟悉道地的表達方式也是非常重要的。

另外，若你明明可以理解整句話的意思，卻由於不夠熟悉用到的單字片語、文法句型、表達方式，或者是因為用英文思考的速度太慢，以至於聽的時候反應不及，不只沒抓到該句的意思，對後面內容的理解也受到影響，就真的是功虧一簣呀。

想要讓學到的內容停留在腦中久一點，並提升用英文思考的速度，培養「英文腦」，一定要嘗試「五次間隔學習」法（將於第三章詳述），透過「聽」、「說」、「讀」、「寫」各個感官的刺激，於不同時間點回想以前學到的內容，可大大提升學習成果。

說 流利口說 2 祕訣

「口說」無疑是大家最有障礙的部分，不但要能馬上聽懂對方說的話，還要立即反應說出來，確實不容易。

祕訣一：接受自己的「語言年齡」，說不好又怎樣

所謂的「語言年齡」就是當你在使用該語言時，你的綜合理解、運用能力相當於幾歲的母語人士。

由於大部分的人都不知道「語言年齡」的概念，學英文時總是用「中文語言年齡」的標準來要求自己，受到嚴重挫折是必然的結果。

假如你現在 20 歲，「英文語言年齡」只有 3 歲，卻一直想要用英文說出 20 歲英文母語人士才說得出的漂亮句子，豈不是給自己太大的壓力了？

剛開始學一門外語時，請先將自己的「語言年齡」歸零，並想想一個牙牙學語的小孩是怎麼學語言的？

他們會不斷地用自己知道的詞彙句型，盡量表達自己的意

思。就算講錯，也是將錯就錯，不會在要講出口時，又去糾結自己的文法用字到底對不對。

沒有人一開始就是一百分，一定是從零分開始慢慢往上加。若你心裡無法接受自己說出來的英文不完美、自己在講英文時就是個 3 歲小孩，而不敢大膽地使用英文，那你可能真的永遠和一百分無緣了。

大家都很幸運，現今科技發達，隨便 Google 搜尋例如「語言交換」、「外國朋友」，都會有很多和英文母語人士交流的機會，何不趕緊跨出第一步！

祕訣二：用對方法＋大量自我訓練，建立自信心

當你能夠很有自信地馬上說出一句英文，那句話一定是你說過很多遍，早就熟到不行了。所以常常聽英文，並不斷地開口模仿母語人士說各式各樣的句子，閉門偷練功，實在非常重要。

此外，學到新的單字片語、文法句型時，記得要「主動」想想它可以被用在哪裡，造個你可能會用到的句子，有助於提升你組裝句子的速度，口說訓練效果絕對會加倍。造不出來的

話，多看例句也好。

　　例如學到 down 可以當形容詞「心情低落的」，就可以自己造個簡單的句子：He is feeling a bit down today.（他今天情緒有點低落。）

　　若遇到不懂、不確定的地方，也一定要馬上問專業老師弄清楚，不要放過進步的機會。

　　當你用對的方法努力練習，知道自己能運用更多更準確的字，或者說英文的發音還不錯，進而得到愈來愈多稱讚，學習能量就會愈來愈強，自然會更有信心繼續學下去，形成一個正向的循環。

　　若你都沒有努力，或者用錯方式努力，以至於進步速度慢，當然永遠都覺得沒信心、認為流利口說是無法達成的天方夜譚，最後學不好英文，一點也不令人意外。

　　改變心態，更要改變行動，現在開始，給自己規劃一個完整的學習計畫，用對方法，才能學好英文！

讀 讓你單字量激增的技巧

「這個字已經出現好幾次了，但我還是想不起中文意思，覺得好挫折。」

「自己背單字書，好苦、好累、好無聊，背 3 個單字就可以睡 30 分鐘，之後就放一旁讓它生灰塵了。」

「今天學到 weather，前幾天則是看到 whether，好難喔，都搞不清楚。」

「那些背過和考過的單字、片語、文法句型完全想不起來，想開口卻開不了口……我該怎麼辦？」

不管你的英文程度是初級，或是已經到高級程度了，「單字」絕對是你一直要面對的大魔王。它就像宇宙黑洞一樣，沒有底，我深知大家對「背單字」的困擾，因此研發出「攻其不背」線上英文學習系統，幫助大家克服「背單字」的憂鬱。系統能讓你落實五種有效學習法，解決你想背好單字但卻不知道從何開始的窘境（將於第三章詳述）。

如何正確背單字？

　　每次一講到「英文單字」，大家都會瞬間比星期一時還要憂鬱。的確，若沒有一定的單字量，聽說讀寫全部都會受到影響，而且很多表達是無法透過比手畫腳、肢體語言正確傳遞的。

　　投身英文教學多年以來，聽學生拚命抱怨「單字難背」不下數千次，十個人裡面有九個半會提到「英文單字」相關的困擾。難道除了一直記拼字和發音、多看例句，沒有其他的辦法了嗎？

　　以下從我自己的學習經驗、英文教學經驗，整理出幾個技巧與大家分享：

技巧一：五官情境法，不要「只背單字」

　　仔細想想你小時候是如何學中文的。母親拿香蕉給你吃，你看到一根彎彎的、黃黃的東西，聞到特殊的香氣，嘴裡感受著軟軟甜甜的口感，耳朵聽到母親說這是「香蕉」。有那麼多器官在幫大腦記憶，你當然很快就記得這個詞。

學英文時也是一樣，要盡量利用各個感官去「感受」單字。若剛好沒辦法像吃香蕉一樣，至少可以試試在腦中營造情境、煞有其事地想像自己實際使用的樣子。例如在學 as soon as 的用法時，有個例句是 I'll tell him as soon as I see him.（我一見到他就會告訴他。）你就可以想像你朋友 Sally 叫你告訴 John 明天晚餐時間改到七點，於是你就跟 Sally 說：OK! I'll tell him as soon as I see him.

此外，「影音學習」也是一個很有效的方式，不但比背單字書有趣百倍，還可以同時刺激你的聽覺及視覺，直接幫你創造情境，讓你看到影片中有人在吃香蕉時，直接聯想到它的香氣和口感。

技巧二：比較記憶法，常常「主動思考」

每個語言中，一定都有很多拼字上、意思上、發音上很像的詞，就像中文的「我」和「找」也會令剛開始學中文的外國朋友困擾。這個時候，自己就要常常主動思考之前是不是有學過類似的詞，並立即搞明白它們差在哪裡，才會愈記愈清楚。例如昨天學到 say，今天學到 tell，差在哪裡呢？你會用這兩個字造個簡單的句子嗎？若有覺得模糊的地方，一定要先查字典、問 Google。還是不行的話，一定要問老師喔！

技巧三：用「正常說話的音量」說英文

　　許多人常常只用「眼睛」學英文，難怪要說的時候，嘴巴會卡住，會稍微念一下英文的人，很多只是小聲地碎碎念，雖然有念總比沒念好，但仔細想想，這樣根本就沒有模擬到一般講英文的感覺，之後有機會講時，一樣有可能顏面神經失調。勇敢地大聲說英文，除了有助於英文口說，對於背單字也非常有幫助，畢竟你還多了「嘴巴」和「耳朵」幫助你記憶，而且念愈大聲，耳朵聽得愈清楚，效果當然愈好，多花一點力氣，讓學習效率更好，何樂而不為呢？

技巧四：突破「時間」與「空間」的限制

　　許多同學都是考英文前一天，才開始瘋狂地用眼睛背單字。其實應該要更早開始做準備。

　　每天花在通勤的時間，大家不是吃點心聊天，就是睡成一片，但若能複習一下前一天學的，效果一定會很好。平常在家裡時，客廳、走廊、樓梯間、廚房等地方，都可以用來閒晃徘徊，一邊背單字。

　　總之，想讓英文單字永生難忘，真的就是要在不同時間、不同地點、不同句子中，遇到同一個字好幾次，這點和我英語

教學的核心理念「五次間隔學習」不謀而合，而且學員們不只能透過電腦學習，還能隨時隨地在不同「時間」與「空間」，用手機平板 APP 提升聽說讀寫能力。

技巧五：忘記的時候不要挫折

沒有人能保證，使用五次間隔學習法學好英文後，你就再也不會忘記！重點是學成之後，你必須要找機會運用它，無限次地複習，讓大腦更加深化記憶。

透過五次間隔學習法，任何資訊可以記憶到九成，剩下的一成，要看你是否有毅力不斷複習它、活用它。如果忘記了，更要以淡定的心情面對，因為**語言的本質就是：一旦不用久了，就不可能不忘**。不要給自己太多無謂的挫敗感，既然曾經透過五次間隔學習法學過，一旦忘記，就再次透過大量複習將它深化在腦海中。由於是大腦曾經透過五次間隔學習法記下的資訊，要再次記住，可能只需花更少的時間！

寫 寫作能力的培養

英文寫作能力的培養和中文一樣，重點就是多閱讀，從模

仿寫作學習開始。而除了足夠的單字量，還要有文法和英語結構組織的能力。但中英文的思考邏輯是截然不同的，英文寫作結構組織並非中文作文常見的起承轉合，因此即使中文作文寫得再好，也無法保證英文寫作能夠拿到好成績！

　　你當然可以參考坊間的「英文寫作教學」類參考書（其中必定會介紹各種進階寫作技巧，例如第一大段的最後一行必須是整篇文章的主軸概念），但若你是英文初學者，我建議你先進行多方閱讀，讓自己在潛移默化中先習慣英文寫作的組織架構。文辭優美、架構清晰的英文文章或英文雜誌（如《大家說英語》、《空中英語教室》、《國家地理雜誌》）、英文報紙的專欄短文、英文小說或散文，甚至名人書信、演講稿（例如知名的馬丁・路德・金恩博士的演講稿〈我有一個夢想 "I Have a Dream"〉，或是環保鬥士葛莉塔的演講稿〈人類的房子失火了 "Our House is on Fire"〉）等，字句也非常優美，結構鋪陳完整而精采，對論述類寫作或敘述類寫作都會有很大的啟發。只要培養閱讀習慣，對英文寫作必定非常有幫助。

離開學校後，英文怎麼學？

　　學習英文，是一輩子的事。如果把它侷限在在校時的英文成績，甚或是大考的英文成績，那可大錯特錯。

　　英文，並非一個學科。它是一種活生生的語言，就和中文、臺語，以及任何你正在使用的語言一樣。而所謂的英文考試，也只是測驗你是否能靈活運用這門語言的其中一部分。考題之外的英文世界如此之大、如此之廣，千萬不能因為一兩次指考、多益、托福、雅思的低分而氣餒了。**會考，不等於會用。真正會用了，再回過頭來準備考試，才是正確的方向。**

　　新世代的學子，在學習英文的經驗上，早已超越紙本結構，老師經常使用聲光、互動方式教學。使用全方位（而非侷限於紙本）方式去學習一門新的語言，效果自然更好。但是首先，學員還是必須有正確的心態：「自己正在學習一種活生生的語言，而非只是一門學科。」有了正確的心態，再用全身全心去感受新的語言系統，學習上自然會有加乘的效果。

學習見證

學英文，是一輩子的事

—— IT 工程師古先生

其實，你我從小到大都在學英文，學了那麼久，可曾思考過：自己的英文能力是否足夠讓我們走出去？能夠在正式場合去做一場簡報？

我本身專攻電腦科學，工作近二十年，每天浸淫在資訊科技（IT）領域，英文程度不算太差，可是距離「好」，還是稍嫌不足。過往我學習英文，不可諱言地：應付考試成分居多。沒人天生喜歡考試，但是若沒有考試，恐怕我也很難自動自發學習。而今，升學考試終了，卻是終生學習的開始。

現在英語學習管道很多，有人適合一對一，有人喜歡團體教學，我都曾經體驗過。我住在苗栗，儘管公司有「語言學習補助」，下班後，再奔波到其他縣市的知名英語補習班，實在沒有力氣。我也曾經體驗過一對一英語教學。然而，老師問一個問題，我腦袋空轉了半天，緊張指數破表——效果也不佳。最後，我在臉書上偶然看到希平方的廣告，狐疑怎麼可能「不用背」就學好英文？我抱著試試看的心情，先設定目標：一天

上一堂課（其實一堂課真的花不了太多時間），發現最大的好處是「隨時都可以上」，而且不會讓我疲累或緊張。我從2018 年開始跟著「希平方」學英文，不知不覺，我幾乎天天上一堂，總共已經累積超過 700 堂。

我相信，不只是英文，任何技藝像是練樂器、練健身，都無法三天捕魚、兩天曬網。學習既然無法速成，與其一天上七堂課，專注效果遞減，不如每天上一堂課。

支撐的動力，英文是生活「基本」技能

支持我持續學英文的最大動機，說穿了，就是英文已經是生活的「基本必備」能力，就像智慧型手機一樣，連年紀大的長輩，也必須學會怎麼使用，才跟得上家人的腳步。英語是職場必備的技能，以 IT 人員為例，在國際化社會，英文不好是「非常嚴重」的，因為大家不是只在臺灣做生意，英文如果沒有到一定的程度，該如何拓展國際市場？

工作以外，出國旅遊時（尤其是自助旅行），英文也是必備，造訪東南亞國家、日本、韓國時，不可能學遍當地的語言，英文卻堪稱是「共通語言」。因此，使用「希平方」課程

的兩年下來，倘若遇到出差、旅遊，不方便線上學習的時日，我都會「超前部署」，把錯失的課程提前「完食」，那是一種對自我的期許與鞭策。

我的英語學習並不偏食，因為我認為侷限自己的學習題材，就是為視野架設了框框。前陣子，對「希平方」獨到講述蟑螂存活力的動畫，印象特別深刻，也吸收得特別快。學習就是這樣，正經八百的內容，反而不見得會記得，反而是生活的小趣味，學一次就難忘。更別說，有時候冷知識反而是開啟社交話題的敲門磚！

學習進入撞牆期？
別怕，與朋友用英文聊聊，建立成就感

你我學習都會遇到撞牆期，我也曾自我懷疑：上了希平方這麼多堂課，到底有沒有進步？此時，我的同事倒是很淡定，要我別大驚小怪：「學習是淺移默化的過程，永遠不知道哪一天、哪一個時機點會發揮所學，既然有學英文的念頭、設定好目標，就往前行，『遇到困難』也就如同吃飯、喝水時嗆到，別想太多！」

　　同事的這一句話點醒了我，我也愈學愈起勁。透過這本書，我想特別分享：英文世界這麼大，一生都學不完。人在臺灣，也許並非天天都能讓自己英文戰力派上用場，但機會是由自己創造的！我平時就會與朋友分享自己的英文新知，例如之前我上完希平方和 ICRT 獨家合作的課程「30 天聽懂新聞英文」，裡面就有提到 2020 最夯的話題之一是「振興券」，於是，我順勢和同事閒聊：振興券的英文該怎麼說？你知道嗎？

　　答案是：「Triple Stimulus Voucher」（振興三倍券）。

　　對於我而言，在生活中找機會使用英文，刺激短期記憶，讓英文烙印在腦海中，便能成為長期記憶；更重要的是，在人生走到終點之前，一定有學習需求，在學習路上有伴同行、互相激勵，更容易一起往前走。與一般英文教材相比，希平方的課程更著重時事話題，從蟑螂到振興三倍券的話題，不論是生活冷知識或熱門時事，從中解析單字、片語的用法，記憶會更強烈，現學現賣也會更有感覺。

　　對於有志學習、精進英文的朋友，別排斥任何方式。努力過了，嘗試過了，再評論。希平方對我來說最大的好處，是上過的課程可以重看，而每次上課都有測驗，分數不好，便可以

回頭複習，這是其他線上英文學習平台未見的設計。

　　自己的成長是可喜的，與同伴分享之後，同伴也跟著成長，那是更棒的成就感。之前聽到有學員在希平方上了 1500 堂課──我想，那是我下一個學習目標。

學英文，免費的可能最貴！

　　學習英文的道路，比起父親學英文的那段歲月，在科技與網路助攻之下，現在已經非常便捷。但，你學英文是否就再也不撞牆了？以下兩種英文學習者，幾乎是我身邊朋友們學英文的縮影。

　　第一種人，是使用「速食學習法」。很多人學英文，一旦遇到問題，就上網找免費英文教學，當下確實解決了問題，但其實沒有真正對症下藥，只是把網路上的資訊，複製貼上到自己的大腦，自然也很容易淡忘，周而復始地在「學習」及「遺忘」中輪迴。

　　網路上，免費的英文學習資源爆炸，我有朋友就曾經向我「訴苦」：他因為想不起來「過去完成式」的時態用法，立刻上網搜尋，並將教學頁面存在書籤列資料夾，只是儲存時，發現之前已經存過了——這表示，他從來沒有真正學會過去完成式的用法，看了又忘、忘了再查，英文能力自然原地踏步。

　　另一種人是使用「天使學習法」。有朋友看美劇學英文，便盛讚其是「天使學習法」，為什麼說是天使呢？一者，追美劇不用花大錢；二者，看美劇時，就像是在看電影，幾乎感受不到「學英文」的負擔。然而無奈的是，當他以為自己聽得懂，一關掉字幕，馬上「現形」，自己根本是鴨子聽雷，那些英文單字進到他的腦裡，好像變成一串亂碼，根本難以解讀，更別說是看懂劇情了。

　　這是為什麼？因為我們看劇時，是以中文去理解英文，而非像母語人士從小接觸英文的方式，因為是第一語言，所以必然是直接用英文的「語序、口吻、邏輯」來培養英文式的思維；在中文式思維下，我們使用英文時，腦中會先浮現出中文，再翻譯成英文，最後輸出。

　　漸漸地，我理解到：學英文時，看似「免費」的管道，實則可能最浪費時間，自學老半天，與外國人面對面時，卻無法用英文自然對談，看外電新聞，在沒有英文字幕輔助之下，也是有聽沒有懂——而時間卻是最寶貴的。我總結了以下幾個觀察：

　　一、學習若沒有經過「有效」複習，學過的東西很快就

忘，只會進入「看似學會」及「忘記」的無限迴圈之中。

二、透過網路，「享受」了免費的英文教學，看完當下，總以為自己已經理解了，但若沒有經過「理解、消化、活用」，就並非真正的學會。

三、過度仰賴視覺學習記憶，聽力、口說力無法同步躍進。

四、看美劇這樣的「情境式學習」對於了解國外文化確實有幫助，但花費的時間不少，也很難聚焦在學英文本身。

五、如果發現自學一陣子，看不到自己進步的跡象，就應該開始思考，或許自己學習心態不對，或是沒有掌握正確的要領。

為了把英文學好，我真心建議，應該好好投資自己！

所謂的「投資」，不單單是買股票、保險、房地產，而是指那些我們會花錢、心力，以讓自己達到某個目標的行動。股神巴菲特就說過：「最好的投資就是投資自己！」

為了保持健康，或是追求更完美的體態，你我每月可能花數千元上健身房；為了保持青春永駐，很多人一年斥資萬元採購保養品、保健食品，或是訂製西裝或高級禮服，來妝點自

己，提升自身的價值等；相比之下，花一點點小錢投資自己、實質提升自己的英文程度，為自己開創更多機會，不是非常值得嗎？

舉「攻其不背」線上英文課程為例，它的學習機制與普通的「追美劇」完全不一樣，雖然表面上，都是看影片，一樣透過影音情境進入「情境化的學習」，但課程系統會帶領學員紮紮實實地複習五次相同的課程內容，且每一段話，都要自己跟著讀並且錄音，然後再把錄製的音檔與影片原音比對。

經過五次複習，明明沒有特別去背，但那些影片中的語句會自然地浮現在學習者的腦海；如此一來，自然不似純粹看美劇那般，看完只記得男女主角的愛恨糾葛……

除了複習機制，「人性」也能讓學員進步。很多學員都坦言，或許是因為花了錢學英文，自然不可以「對不起錢」！學習上，會更有誘因掌握課程的精華，斤斤計較，確認自己在每一堂課，都確確實實學會了，才會進到下一步驟；遇到不會的內容，就透過課程系統，向真人老師發問，也會很快得到回覆。

　　一位學員就告訴我：口說練習時，會在聆聽影片原音多次後，透過系統反覆跟讀、仿說，練到自己的發音、腔調、語速（甚至情緒）都到位後，才會換下一句。學習初期，他每一堂都需要花非常多的時間，無形之中，將很多滑網路拍賣、追韓劇、打手遊的時間，都拿來上課了；而希平方的課程是跟著母語者原音影片學習，所以幾乎是全英文環境（除了一些老師講解之外），加上課程主題可以自己選擇，因此他選擇很多生活化的課程，譬如選舉、夜市小吃、辦公室會話及人際交友等，每天持續學習之下，不用出國，就可以讓自己擁有「全英文的環境」。

　　免費自學聽起來好，但不適用於所有人，如果本身已經具有相當程度，缺乏拓展不同領域的廣度及深度，相信網路上大量的免費資源，會是非常好的輔助，也能滿足英文學習需求；反之，若本身對英文學習還沒有什麼概念或方向，或是自學多年仍不見成效，與其用上雙倍，甚至更多的時間亂學，花錢投資自己、學好英文豈非更加值得！

　　畢竟，將錢運用在對的地方，不是「揮霍」，而是「投資自己」，才能真正讓人生增值。

找到動機，
學英文就成功一半！

蔡康永曾說過一段話：

「15 歲覺得游泳難，放棄游泳，

到 18 歲遇到一個你喜歡的人約你去游泳，

你只好說：我不會耶。

18 歲覺得英文難，放棄英文，

28 歲出現一個很棒但要會英文的工作，

你只好說：我不會耶。

人生前期愈嫌麻煩，愈懶得學，

後來就愈可能錯過讓你動心的人和事，

錯過新風景。」

自主學習英文比興趣更重要的，是動機。我發現很多人能把英文學好不是被逼，也不是應付考試，而是有強烈動機。

有位學員學英文的動機，是要當一個厲害的電腦駭客。一般來說，程式語言的中文教學都是非常初階，較為進階的知識

多用全英文撰寫，想要更精進的他因此發現，他的英文必須得練好！何況，若在開發者大會或討論區，和世界級駭客或程式高手討論交流，內容都是用全英文進行。更不要說，如果想要第一手掌握最新的程式相關資訊，英文也要夠好才行，想及時掌握業界最新狀況，哪有時間坐等好心人翻譯？

而很多人可能不相信，醫師也有學英文的困擾！有一位準醫師學員，他大學聯考英文科拿了 90 分，但多益只考到 600 分，原因是閱讀雖接近滿分，但聽力只拿了 100 分，在英文的「聽」和「說」部分，特別需要加強。尤其他經常需要參加國際型研討會發表論文，但到了現場，還是必須要帶即時翻譯耳機才能聽懂現場人士在說什麼，經常想發言卻不敢開口說英文，讓他非常痛苦！後來，他上了 45 堂希平方課程後，很開心地告訴我們：「我參加國際會議，我終於可以按下發言麥克風鍵了！」那一刻，所有人都感動無比。

更讓人驚喜的是，有位在外商公司擔任高階主管、英文程度本就不弱的媽媽，已經幫小孩報名希平方多益課程，但小孩不想用。媽媽為了激勵小孩，跟小孩約定：「若是我也能考到多益證書，你就得學！」結果媽媽上了 200 堂課之後，多益從原來 500 分考到 765 分，讓小孩心服口服。

　　其中最令我感動的，是一位技職生學員。他的術科很強，但英文卻始終學不好。他從以技術為主的技職體系學院插班考入清大，一開學他就發現他完全跟不上。跟不上的原因，不是他對本科系的知識無法掌握，而是因為英文能力太差，讓他聽不懂老師上課的內容。報名前他問我：「我基測英文只有1分，還有救嗎？」我們告訴他：「一定可以。」後來他展開苦讀，上了180堂課後，多益考了445分；上了400堂課後，多益成績已經超過615分。他持續學習不懈，目前上完的總課數已累積到1000堂以上。

　　這些學員的例子，都足以證明，學英文人人都有機會學好，隨時開始都不嫌晚。重點在於：找到你的動機，讓它成為支撐你學習下去的動力！

　　無論學習任何事情，要能學得久又學得好，有好的教材或興趣固然重要，但要能堅持並培養成習慣，最重要的還是強烈的學習動機。想學英文，未必需要恢弘的志向，想要讀懂一本未被翻譯的英文小說、追最新尚未有字幕的美劇，或是想交更多外國異性朋友……這些都可以成為你的動機。只要找到自己的英語學習動機，就能讓英語學習之路更加明確順遂。

人生勝利組不稀奇，
靠英文反敗為勝才是真實力！

　　其實，師大附中沒有體育班，但我讀師大附中九三一班時，簡直把附中第二類組當體育班念。課堂上，很多科目都是為了考試而讀書，高中接觸物理、化學，我自己提不起勁來讀。讀這些科目愈痛苦，就愈不想去上課，厭惡到底的結果，就是逃離。

　　彼時，我為自己排定的「課表」是：五小時排球、五小時籃球。我熱愛打球的瘋狂程度，讓全校同屆男生幾乎都認識我。球場上，同學來來去去，只有我如同雕像，永遠都在佇立在那兒，一心以為自己有朝一日可以打 NBA。

　　我的好勝心很強，但沒有放在課業上，而是用在運動上。組隊出賽時，很多隊友會覺得壓力很大，因為我打球，不是享受過程而已，而是追求贏。

　　對，就是要贏。

曾經，打籃球就是 Charlie 全部的生活。（**1999** 年 **5** 月師大附中）

Charlie 代表 **UC Davis** 參加排球校隊比賽。（**2008** 年 **10** 月 **UC Berkeley** 加州大學柏克萊分校）

　　但高中之前的我，不是那樣的。國小時，我讀資優班，很多人都誇我聰明，放下事業的父母也嚴格指導，不斷催眠我說，只要考到他們認可的高中，就會放我「自由」。而直到考上師大附中，被壓抑的我徹底進入叛逆期──在四十四人的男生班，每一學期不論大小考試，我幾乎都名列四十名之後，倒數四名分別是班上的康輔社長、桑原（他頂著一頭《幽遊白書》角色桑原的頭髮造型，因此得名）、獨行俠，還有身為體育健將的我。不論籃球、排球，甚至是校園馬拉松，只要與體育相關，我都衝第一；每天，我都不太想回家，覺得自己一回家就會因為成績不好被罵，和家裡的衝突也與日劇增。

　　儘管高中三年學科非常混，我的英文成績平均都維持在九十分以上，也支持我往大學聯考挺進。最後，靠著國文、英文、數學成績，我考上中原大學電子工程學系（但物理、化學加起來只有五十分）。

　　對理工沒興趣的我，渾渾噩噩讀了兩年多後，決定中斷中原大學的學業，去美國念書，這也讓父親與我起了很大的爭執。

　　記得父親說：「不要到美國，就滿腦子想著要打球！」年

少輕狂的我回嗆：「我到美國，就是要打球！」

最後，我在 2006 年來到美國念書，那是滿滿的期待和鼓舞，也翻轉了我的一生。

2005 年，即將退伍的我，還在煩惱只有高中學歷能做什麼，卻因緣際會得知，我還有可能去念美國一流大學。這件事當然馬上吸引了我的注意。仔細研究過社區大學轉到美國一流大學的「2 + 2」方案以後，我發現這根本就是專屬於我的改變人生道路！因為申請條件只有一個：通過托福測驗。而我什麼學科都不強，就是英文完全沒在怕。

輕鬆通過托福測驗後，我順利申請上位於加州矽谷地區的社區大學 De Anza College，兩年後順利轉入 UC Davis 加州大學戴維斯分校，從此一掃過去讀書失敗的陰霾，翻轉人生。

看到這裡，你們一定會問，有這麼好的方法為什麼很少人知道？後來我才輾轉發現，原來在臺灣的「人生勝利組家庭」，從小父母已經為孩子安排念美國、歐洲學校，有的更是直接到海外找寄宿學校，甚至安排貼身家教，即使每年花費上百萬，總共投資數千萬也在所不惜。這些家庭不會也不需要走

到我踏上的這條路。

我要跟大家分享的,是屬於家裡條件沒那麼好,在校成績也不是頂尖,也一樣可以念到美國頂尖大學的機會。

在臺灣念普通公私立高中的學生,幾乎沒有辦法直接申請美國大學,主要是因為美國大學不承認臺灣的高中學制:臺灣的成績單是百分制,美國的是四分或五分的 GPA 制。而且要申請美國大學,必須要通過等同我們大學學測的 SAT 考試——如果稍有研究,你就會知道 SAT 有多難準備。

大部分的學生家長聽到這裡已經不考慮美國大學了,那是因為他們不了解美國的轉學制度。在當地其實有種 community college to 4-year university 的套路,每年提供了很多名額給轉學生。很多是多少呢?這樣說吧,在美國每年有將近三分之一的大學生,不管是因為付不起學費、沒心念書,或是輟學想成為比爾蓋茲,最終離開學校。而校方為了營運,就從轉學招生來補足名額。因此,社區大學轉到美國名校的流程已經是當地行之有年的 SOP。

原本社區大學的設立,就是為了讓美國那 50% 高中畢業

不念大學，累積工作經驗後想繼續進修的公民，有個方便的管道重回校園。當然在社區大學的學科要求，就不會像一流大學那麼嚴格，而這對我們這些成績不那麼頂尖的國際學生來說，就是個好消息。

只要托福考過，也通過入學測驗，我們其實很容易就能在社區大學裡維持好成績，接著申請上一流名校。看到這裡，這條路好像不難吧？那為什麼還是沒多少人知道這好康呢？

過去十幾二十年以來，早有不少臺灣人嘗試在走這條路，然而真正成功轉到一流學府的比例其實不高，大概不到20%，造就了許多到美國走一遭，花了錢也花了時間，卻拿不到學位的留學生。那些人回來以後，只能告訴大家他們念過社區大學或語言學校，還被大家嘲笑去當凱子念「野雞大學」。久而久之，家長也不願意再送孩子去花錢念那些所謂「野雞大學」。

根據我自己 2005 ～ 2011 年在美國加州的觀察，每年成功從 De Anza College 轉到一流大學的比例就落在 20% 左右，而且更重要的是，像我們這些轉學成功的學長姐，肯定只會告訴別人，自己在美國念名校，誰還願意陳述轉學前的過去。

英文，翻轉人生之路！

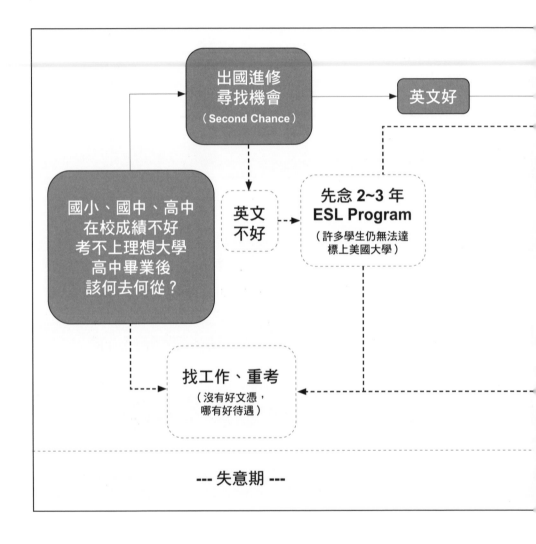

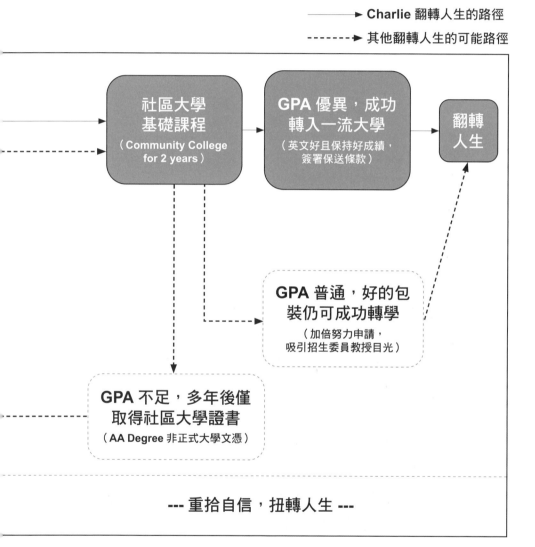

但今天不一樣，這本書的讀者，就是我的好朋友，我要把所有知識傳授給你。不管你是打算自己繼續進修，或是想要給孩子一個更棒的未來，都應該了解這條捷徑。

給上班的你：英文還是不 OK，怎麼辦？

不可諱言，還是很多人學英文，是要考多益、留學（考雅思、托福）、升學（考會考、學測、英檢），因此，希平方設計出多面向的課程，會讓學員釐清動機之後，再來挑選。

近年來，還有很大一群學員，是來自於企業。希平方學員中，絕大多數年齡層落在 25 到 45 歲，他們已經具備經濟能力，面臨升遷或轉職的十字路口，因此格外需要在職進修。聯電、Google、HP、中國信託、合作金庫等企業，都使用希平方課程，有學員直呼：「坊間的補習班幾乎都上過，希平方的課程是『最後一線生機』！」

當公司的人資找上希平方，我們才了解到，外籍師資的備課內容難以掌握，要在特定時間綁住員工、「逼」員工上英文課，更是不容易；而其他線上學習課程，因為學員對於學習內容不感興趣，完課率竟平均不到 5%，簡直慘不忍睹。

希平方於 HP 惠普臺灣總公司舉辦企業講座。

　　透過虛實整合，希平方除了會提供定期的實體講師，合作的企業員工必須在半年內，於線上完成 70 堂課（完課率大幅拉到 70%），我們也會讓人資主管掌握每位員工的學習進度，定期督促，同時搭配複習機制。

　　學習語言日子一久，你會發現，學習的不只是外語，而是一種勇敢──能積極學習、正向思考、勇於解決問題的心態。

　　遇到困難，勇於面對、解決它，而不是逃避它。學習不懈的精神，就是人生最好的禮物。

學會基本籃球英文，
交朋友就從球場開始！

　　2020 年最令我心碎的新聞，應該算是柯比・布萊恩（Kobe Bryant）不幸墜機身亡，身為籃球迷，自然要透過這本書，向黑曼巴致敬。2016 年，他宣告在球季結束後退役，也在個人網站上留下了一首詩〈親愛的籃球〉，道盡他對籃球的愛，以及不得不退出球場的嘆息。我節錄其中詩句，與你分享：

You gave a six-year-old boy his Laker dream
你給了一個六歲小男孩他的湖人夢
And I'll always love you for it.
我會因此永遠愛著你
But I can't love you obsessively for much longer.
但我無法再著魔似地愛著你了
This season is all I have left to give.
這一季是我僅存能付出的
My heart can take the pounding
我的心能承受重擊

My mind can handle the grind

我的心智禁得起考驗

But my body knows it's time to say goodbye.

但我的身體知道，是時候說再見了

追憶 Kobe Bryant 的同時，我們也應該學一些基本籃球英語！

【season 球季】

例句 He would be retiring from the game of basketball at the end of this season.

（他將在這個球季末從籃球賽場退休。）

【points leader 得分王】

例句 The five-time-champion active points leader is in his 20th season with the Los Angeles Lakers.

（這位擁有五枚冠軍戒指、活躍的得分王進入他和洛杉磯湖人隊的第二十個球季。）

【 bench 使…坐板凳、使…成為替補球員 】

例句 But the Lakers have no intentions of benching the 17-time all-star in what will be his final season.
（但湖人隊可無意讓這位十七次全明星球員在他的最後一季坐板凳。）

【 傳球 】

可以說 pass、pass the ball 或 make a pass。其中，pass 是「傳球」的意思，可以是動詞或名詞。

例句 Leo passed the ball to an open teammate without looking at him.
（Leo 將球傳給了有空檔的隊友，而沒有看他。）

例句 Justin made a long pass to start a fast break, but his teammate missed it.
（Justin 長傳發動快攻，但他的隊友沒接到球。）

小知識 Fast break 是一種進攻策略，指「快速將球前傳，讓防守方來不及回防，藉此創造得分機會」。

【運球】

英文 dribble 意指基本運球動作，但也有比較難的運球變化，例如「胯下運球」，英文是 dribble between someone's legs；電視上常看到的「背後運球」則是 dribble behind someone's back。

例句 Robin turned it over when he tried to dribble behind his back.
（Robin 試圖背後運球時，發生了失誤。）

【投籃】

可以說 shoot、shoot the ball、take a shot 等。其中，shoot 是動詞「投球」的意思，shot 則是它的名詞。

例句 Don't hesitate to shoot the ball when you have a good chance.

（當你有好機會時，就出手投籃，不要猶豫。）

例句 He took an unbelievable three-pointer and swished.
（他嘗試投出一顆不可思議的三分球，球「唰」一聲空
心入網。）

　　值得一提的是，swish 的音類似球空心入網的聲音，英文
會用它來表示「投進空心球」，或者也可以說 hit nothing but
net，字面意思是「只打到網子」，也就是「投進空心球」的
意思。

　　球投出去之後，如果「投進」，我們常會用 drain、nail、
sink、score 等動詞，或用 make a shot、make a basket、
score a basket 等慣用語表達。特別要提醒你，因為形容投進
時，這件事通常已經發生，因此大多會用過去式呈現。

例句 He made a basket and extended the lead to double
digits.
（他出手投進，將領先擴大為兩位數。）

例句 The crowd went wild as the player took the last-second shot and nailed it.

（那名球員投出最後一擊且投進時，觀眾陷入了瘋狂。）

上句 last-second shot 是「最後一擊」的意思。而比賽最後讀秒階段投進的最後一擊或壓哨球，英文也可以說 buzzer-beater，其中，buzzer 是「蜂鳴器」，會在讀秒時間到的時候響起，那搶在蜂鳴器響起前投進的一球，自然就是指「壓哨球」。

如果球投出卻「沒進」，我們可以用 miss 這個動詞。

例句 He dribbled to the left, pulled up for a jumper, but missed.

（他將球運到左邊，急停跳投，但球沒進。）

球沒進就算了，如果投出的球還很不準，我們可以用 brick 去形容，它的原意是「磚頭」，在籃球術語中用來指「很不準的球」，而如果不準到連籃框跟籃板都沒碰到，也就是中文常說的「籃外空心球、麵包球、肉包（臺語）」，英文則可以用 air ball 來表達。

例句 He was so nervous that he shot several air balls in his first game.

（他太緊張了，以致於在他的第一場比賽中投了好幾個籃外空心。）

【上籃】

上籃的英文是 shoot a layup。其中，layup 是籃球術語，指「上籃」。而所謂「上籃」，就是指「朝籃框方向跑動，在籃框底下附近以單手將球放進的動作」。

例句 He could have shot a layup and scored, but he chose to pass the ball to his teammate.

（他本來可以上籃得分，但他選擇傳球給隊友。）

【灌籃】

灌籃，也就是「進攻球員高高躍起，在球框上方將球用力灌進籃框」，英文是 dunk 或 slam-dunk。

例句 He grabbed the rebound and dunked the ball into the basket.

（他抓下籃板，將球用力灌進籃框。）

下次再有機會打籃球時，不妨想想可以怎麼用英文表達帥氣俐落的動作。

第三章

五大關鍵，
真正學好英文

關鍵教練式學習，
最有效的英語學習法！

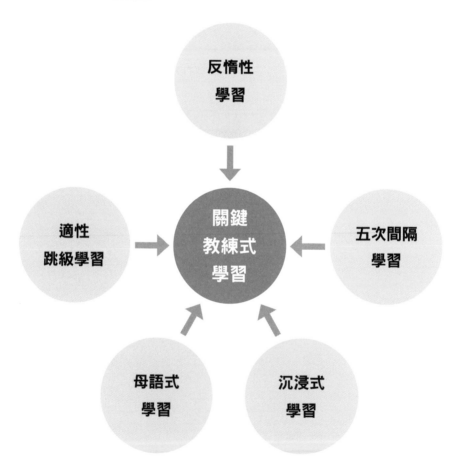

反惰性學習

有計畫、半強迫的學習，
才能徹底克服惰性

找一個能陪伴、指導、督促的教練，並不是難事，目前很多家教或線上課程，也都強調這點，為何還是效果不彰？

關鍵在於教練有沒有「計畫」。很多人找外師來當口語教練，發現只是閒談，學習欠缺計畫性（也可能是學員沒有釐清自己學英文的動機）。而任何有計畫性的課程，一定需要在某種程度上以「嚴格、半強迫」的風格準確執行，學習才能真正發揮效果。這不僅是我多年投身英文教學的經驗，也是我個人學習英文的經驗。

「複習」有多重要？

「複習」為什麼重要？關於這個問題，我們在 19 世紀德國心理學家艾賓豪斯提出的記憶遺忘曲線找到了答案，他是第

一位將人類記憶用量化的方式提出分析報告的心理學家。在1885 年，他的實驗報告指出：訊息在經過人的專注學習後，便成為了人的短期記憶，但是如果不經過及時的複習，這些記住過的東西就會遺忘。反之，經過了及時的複習，這些短期記憶就會成為人的長期記憶，從而在大腦中保存很長的時間。為了避免遺忘，艾賓豪斯提出要多次複習的概念，這個概念就是：我們需要為了「複習」做計畫。但是做計畫這件事情本身是很麻煩的，現代人非常忙碌，例如：上班族下班要與朋友聚餐、回家照顧小孩、或是去看場電影。學英文這件事情通常都不是第一重要的，更何況還要為這件事情做去計畫？此外，要學習英文之前，還要先學會如何做計畫，這難度實在太高了，這也讓很多人打退堂鼓。

關於學習，很多人呈現這樣的狀態。學生時代，老師會安排好整學期該上完的課程內容，學生只要進教室打開課本，聽著老師講解，跟著學習就已經足夠。而離開學校後，想學一門新知識，才會突然意識到：少了老師幫忙規劃，似乎不知該從何開始？也不知該如何替自己安排學習進度？於是只好繼續庸庸碌碌有一天過一天，想學的技能卻沒半點進步。

大部分人從來沒想過：要怎麼去安排學習計畫？什麼樣的

學習計畫才是「有效率的」？

　　想要學習一個新能力，「有計畫的學習」非常重要。學習貴在持之以恆，每天穩定且持續的學習，才是最佳學習模式，最忌虎頭蛇尾，氣勢磅礴地開場，卻不了了之結束。一天拚命學個 8 小時，之後卻發懶休息，這樣是無法學好英文的。因此本書建議學習方法是「每天維持學習一點新的內容，且一定要把之前學習的內容充分複習，持續下去就能達到穩定且持續學習之效」。

　　下一節我會告訴你如何做到「有效率的計畫學習」。

學習要有保存期限：掌握大腦特性，學習事半功倍

　　最近讀到的一本書《原子習慣》，讓我頗有感悟：如果每天進步百分之一，持續一年便進步三十七倍；相反地，每天退步百分之一，一年後程度就趨近於零，這就是時間的威力，也是選擇前進或後退的差距，運用於學習英文時是同樣的道理。

　　英文是否可能在一夕之間突然變好？我的答案是，不可

能，一切要靠持之以恆的重複練習。與其「從明天開始學英文」，不如在「賞味期限」之內，督促自己每一天有小進步，才有可能讓自己的英文能力大幅度提升！

《原子習慣》一書中，有另一概念是「習慣堆疊」，這也讓我特別心有共鳴。從希平方學員的英文學習經驗來看，斷斷續續上課的學員（可能是運用零碎時間），學習效果往往並不如固定時間上課的學員。在此建議一個小撇步：要將學英文當成吃飯一般，可考慮運用「誘惑綑綁」，要求自己追劇之前先追一堂英文課，再找一本日曆，只要有上課，就在那天打個勾，為自己締造「英文學習連續紀錄」。

希平方的五次間隔學習，能讓學員不斷重複溫習同一篇文章。**核心的關鍵力在於重複複習，正因為是線上課程，可以讓學員不斷溫習、測驗，這正是一般補習班無法做到的。**

反觀多數人對線上課程的勾勒，是真人視訊陪你聊天；但即便是視訊，還是脫不了傳統家教一對一，或一對多的模式，只不過是把場域由實體教室拉到線上，而且上課是以每小時計費，分秒必爭，難以耐心學習。很多外籍師資甚至沒有課程大綱，效果自然更差。

　　也有業者走影片式教學，這種線上課程宛如過去補習班補課看錄影帶的機制，搬到網路上，分成二十集左右，主要是依靠授課老師的名氣銷售。面對新冠疫情，這幾乎是補教業者最簡單、最速效的應對方案：把錄影帶上傳到線上影音平台，搭配作業，同時擺脫時間、空間上的限制。

　　但，上述兩種線上學習方式，都欠缺複習的機制，這也會放大人性最大的弱點：如果沒人盯著，90％的人肯定不會複習。而希平方透過系統，「半強迫」學員：要進入下一堂課之前，就必須先試著複習。

　　有了「計畫性」，又有了「半強迫」的督促，人才能夠徹底克服根植於心中的惰性，完成真正有效的學習。因此，「反惰性學習」非常關鍵，是學英文首先必須達成的第一步。

　　至於怎樣的學習，算是半強迫的學習？

　　我當初跟著父親暑期特訓就是「被強迫的」。所以我們設計的系統中，「所有學習中必要的步驟」都不能略過，這也是最重要的。人性是懶惰的，很容易學過一次就以為自己會了，就想跳過複習，這絕對是大錯特錯的觀念，殊不知正是這一點

讓那些英文不好的人，永遠學不好英文。

想學好英文，第一步就是必須有正確的觀念。

以英文的各個層面來說明「有計畫、半強迫」需要達成的目標：

字義理解 → 確保不會的單字都有查過，也能正確理解，而不是「用感覺的」。

單字、片語 → 一定要聽懂至少一次才能進行下一步。

長句解析 → 一定要聽過老師解惑，確保正確理解。

口說練習 → 一定要經過口說錄音，才能下一步，每一句話至少經過 4 次，無上限進行口說練習。我們很多學員每一句話都跟著「攻其不背」、「玩轉文法」APP 練習了 10 幾次以上，透過學習系統累積重覆 4 次以後，至少說了 40 ～ 50 次，想不流利也難。

每句話都一定會透過不同的學習方式，由淺入深地學習 5 次。複習是語言學習之母，也是五次間隔學習法最核心的理念。

我在創業之初，沒有為每一堂英文課設定使用期限，甚至

還會贈送多堂課程，但我透過系統後台發現：不設定期限，很多人買完課程，就擺到天荒地老。試想，你有多少「新書」，擺在書架上擺著擺著，就永遠塵封了？

我也曾經推過三十天三十堂課的活動，上完三十堂，再送三十堂，但七成學員衝刺後，拿到了免費三十堂課，卻顯得後繼無力，不再每天好好上課。

回想父親的教授經驗，是逼我們兄弟倆每天有紀律地坐在那兒學習八、九小時。因此，我領悟到：每一堂英文課，必須透過「過期」的機制，來達成「半強迫」的效果。如此，人們才會懂得珍惜，在時效內好好使用課程。

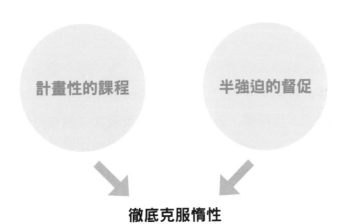

計畫性的課程　　半強迫的督促

徹底克服惰性

五次間隔學習
有技巧地複習，
不知不覺間就學會！

我們會常遇到一個狀況，像是遇到陌生的單字時，該先跳過？看前後文猜猜看意思？查字典？還是直接問教練？

前面的章節已經強調，查字典要用對方法，不該直接請教練告知單字的中文意思，而是要從前後文去判斷單字的字意。以父親指導我的經驗來說，學英文的過程中，大量閱讀並不夠，還必須要反覆複習，「複習」之於查字典，是相輔相成的。

父親從他個人的學習經驗領悟到：**查詢每一個不會的生字時，在字典裡的單字旁打上一個勾勾，之後忘記、再查，就加上一個記號，反覆讀，他發現，查到第五次，就自然記得了。**於是，父親化身教練時，將這個體悟，應用在弟弟和我身上，在那年暑假，弟弟和我的特訓過程中，也有同樣的規律，每一篇文章精讀五次，考聽寫就不至於太困難。

　　創業後，**我將這套複習的學習計畫，命名為「希式五次間隔學習法」，效果的精髓在於「複習要五次且要有間隔」。**早在 19 世紀，德國心理學家艾賓豪斯（Hermann Ebbinghaus，1850 ～ 1909）提出「遺忘曲線」理論（The Ebbinghaus Forgetting Curve），就強調正確的學習方法對記憶的重要性，而從「查字典」這個英文學習基本功，可以發現：學語言和心理學理論其實不謀而合。當年，在父親為我們規劃的英文特訓，讓原本大概需要一年大量閱讀才能累積的字彙、片語、句型，濃縮在短短三十天內便快速累積——**弟弟和我沒有背過一個生字、片語，但大量的生字、片語卻「無痛地」烙印在我們腦海中。那不是默背，而是重複接觸的成果。**於是，一個月的密集訓練換來的是一輩子受用的英文能力。因此，與其說要找學英文的教練，應該是找到「有計畫」的教練，方能事半功倍。

五次間隔學習法，是由淺入深，且關鍵是「間隔一段時間」

　　前面我已說明，有計畫性地安排學習有多麼重要。複習為學習之母，當你了解到「複習」的重要性後，我要進一步說明怎麼做才能做到「有效率的複習」。

　　你我在學校上課時，都聽過老師說「回家要複習」，但要如何複習才真正有效？複習幾次才算足夠？大部分的人都是考試前才臨時抱佛腳，長期惡性循環，根本無法好好完成複習這件事。

正確計畫學習步驟

　　第 1 天學習新內容，第 2 天先複習前 1 天的內容，再學習新內容；第 3 天則是複習前 1 天的內容以及前 2 天的內容，再學習新內容；第 4 天則是複習前 1 天的內容、前 2 天的內容以及前 3 天的內容，再學習新內容；第 5 天則是先對第 1 天學習內容做聽寫測驗，檢視自己是否已真正學會，然後再複習前 1 天的內容、前 2 天的內容、前 3 天的內容，再學習新內容，依此類推。

　　我建議讀者每天學習英文的時間可以定為「一個小時」來規劃，分配給學習的時間約 20 分鐘，用來複習的時間約 30 分鐘，聽寫測驗的時間則可分配約 10 分鐘。當然，若你每天可以規劃更多學英文的時間，只要依照「學習－複習－複習－複習－測驗＝ 2：1：1：1：1」的比例來做分配，多一點或少一點，可以依據自身的狀況調整。

計畫學習內容

　　假設你想要連續 30 天都學英文，你則需要準備 30 篇英文教材；如果你想要整年每天都學英文，你則要準備 365 篇英文教材。至於英文教材從哪裡來？你可以直接購買英語教學雜誌，也可以到希平方官網去挑選有興趣的免費影片，把每部免費影片當成你每天學習內容，並且依照正確的學習步驟「學習 - 複習 - 複習 - 複習 - 測驗」計畫表進行。

　　該如何實作呢？請見以下的 7 天學習計畫流程表。

7 天學習計畫流程表

學習時間自由安排	第 1 天	第 2 天	第 3 天	第 4 天	第 5 天	第 6 天	第 7 天
10 分鐘	新 1	複 1	複 1	複 1	聽寫 1	聽寫 2	聽寫 3
10 分鐘		新 2	複 2	複 2	複 2	複 3	複 4
10 分鐘			新 3	複 3	複 3	複 4	複 5
10 分鐘				新 4	複 4	複 5	複 6
10 分鐘					新 5	新 6	新 7
10 分鐘							

我們可以看到第 1 天到第 5 天分別是「新 1、複 1、複 1、複 1、聽寫 1」，而第 2 天到第 6 天分別是「新 2、複 2、複 2、複 2、聽寫 2」，**其中的關鍵作法是「同一份學習內容，由淺入深，分五次間隔複習」，要讓大腦進入「學習、記憶、交叉學習其他內容，再喚醒之前記憶」的過程，才能將短期記憶轉變為長期記憶。**

學校班上，總是不缺乏「感覺非常認真，但每次大考小考都考不好」的同學，這些同學通常都是犯下了這樣的學習錯誤：在學習一開始就拚了命想要讓知識進入深層記憶，每節內容都苦讀死背了好幾個小時，但卻因為沒有做到多次複習，而功虧一簣。其實，只要稍微把學習方法調整一下，學習時間不變的前提下，成效就會大幅改觀。

回到進一步拆解「學習新內容、複習第 1 次、複習第 2 次、複習第 3 次、聽寫測驗」這個學習方法的細節步驟，你可以直接使用下面 5 部影片做練習，感受會更深刻：

第一天

新 1

**20 分鐘學習：新影片「如何撐過煎熬的 2020 年」-
Getting Through 2020**

　　因為是第 1 次接觸新內容，所以必須花較多時間查詢不懂的單字、片語，接著是理解文法、完整理解文意，最重要的是要不斷重複「聽」影片發音，並且模仿「說」出來。「聽懂並模仿說出來」也就是許多學者提到的「跟讀法 shadowing」，這裡的「讀」要實際用嘴巴朗讀出來，而不是只用「用眼睛讀」。這道步驟可以安排 20 分鐘進行。

第二天

複 1

10 分鐘複習:「如何撐過煎熬的 2020 年」- Getting Through 2020

重點放在不斷重複「聽」影片發音,並且模仿「說」出來。在過程中如果還是想不起來某些單字或文意,再重新查單字、確保一邊說時能正確理解文意。因為前一天學習過了,有點熟悉了,自然會花比較短的時間學習。務必進行口說練習。

新 2

20 分鐘學習:新影片「學會這個技巧,簡單閒聊也能輕鬆談成生意!」- Small Talk to Business Talk

老話一句,口說練習是極必要的,不可省略。

學會這個技巧,簡單閒聊也能輕鬆談成生意!
2020-07-21 ▶ 3902 收藏

第三天

複 1

10 分鐘複習：「如何撐過煎熬的 2020 年」- Getting Through 2020

重點一樣強調在不斷重複「聽」影片發音，並且要模仿「說」出來。在說的過程中，如果又忘記單字片語，必須要求自己再次確實做到本書第二章「正確的查字典步驟（P.93）」的完整 3 個步驟。一定要正確理解註釋及例句的用法，確保有真正理解。而這次已經完整複習 2 次了，請勇敢大聲地進行口說練習吧！

複 2

10 分鐘複習：「學會這個技巧，簡單閒聊也能輕鬆談成生意！」- Small Talk to Business Talk

口說練習一樣不可少。

新 3

20 分鐘學習：新影片「這八句假話，你一定都講過！」- Said It, Meant It: "No offense, but..."

並進行口說練習。

第四天

複 1

10 分鐘複習：「如何撐過煎熬的 2020 年」- Getting Through 2020

　　記得這步驟的重點在於「這是最後一次加強自己還不熟悉的內容」，可多練習幾次不熟單字的正確拼法，再次進行口說練習。

複 2

10 分鐘複習：「學會這個技巧，簡單閒聊也能輕鬆談成生意！」- Small Talk to Business Talk

千萬別忘了口說練習。

複 3

10 分鐘複習：「這八句假話，你一定都講過！」- Said It, Meant It: "No offense, but..."

口說練習一樣不可少！

新 4

20 分鐘學習：新影片「面試官最討厭遇到這八種人」- 8 Types of People That Managers Hate to Interview

要完成充分的口說練習。

第五天

聽寫 1

10 分鐘測驗：「如何撐過煎熬的 2020 年」- Getting Through 2020

　　準備一張白紙，直接關掉這部影片的中英文字幕，用**聽的寫出來所有英文內容**，這步驟你可能會聽很多次，沒關係，可重複播放多次，努力把你聽到的英文完整寫出來。雖然每個人學習領悟能力有高有低，但要知道多益考試只能「聽一次」，沒有聽第二次的機會。又或者你和外國人交談時，如果你一直問「什麼？你可以再說一次嗎？」，馬上打消別人和你說英文的念頭，生意也可能因此泡湯。因此，給自己時間限制，要求自己在 10 分鐘內完成！如果能做到聽一次就寫出來，代表你已經非常熟悉學習內容。

複 2

10 分鐘複習：「學會這個技巧，簡單閒聊也能輕鬆談成生意！」- Small Talk to Business Talk

口說練習盡量多練幾次吧！

複 3

10 分鐘複習：「這八句假話，你一定都講過！」- Said It,

Meant It: "No offense, but..."

多講幾次後，口說能力也會大幅進步！

複 4

10 分鐘複習：「面試官最討厭遇到這八種人」- 8 Types of People That Managers Hate to Interview

千萬別忘了口說練習。

新 5

20 分鐘學習：新影片「這些流行用語你都學過嗎？ extra、cringey、basic 是什麼意思？」- American Slang: Extra, Cringey, Basic

完成充分的口說練習。

第六天

聽寫 2

10 分鐘測驗:「學會這個技巧,簡單閒聊也能輕鬆談成生意!」- Small Talk to Business Talk

準備一張白紙,直接關掉這部影片的中英文字幕,用聽的寫出所有英文內容,一樣要求自己在 10 分鐘內完成,愈快愈好!如果能做到聽一次就寫出來是最棒的!代表你已經非常熟悉學習內容。

複 3

10 分鐘複習:「這八句假話,你一定都講過!」- Said It, Meant It: "No offense, but..."

口說練習不能少。

複 4

10 分鐘複習:「面試官最討厭遇到這八種人」- 8 Types of People That Managers Hate to Interview

千萬別忘了口說練習。

複 5

20 分鐘學習新課程:「這些流行用語你都學過嗎?

extra、cringey、basic 是什麼意思？」- American Slang: Extra, Cringey, Basic

多練幾次後，口說能力也會大幅進步！

新 6

學習某部教材影片，並完成充分的口說練習。

第七天

聽寫 3

10 分鐘測驗：「這八句假話，你一定都講過！」- Said It, Meant It: "No offense, but..."

準備一張白紙，直接關掉這部影片的中英文字幕，用聽的寫出來所有英文內容，一樣要求自己在 10 分鐘內完成，愈快愈好！如果能做到聽一次就寫出來是最棒的！代表你已經非常熟悉學習內容。

複 4

10 分鐘複習：「面試官最討厭遇到這八種人」- 8 Types of People That Managers Hate to Interview

按照之前方法完成複習及口說練習。

> **複 5**

10 分鐘複習：「這些流行用語你都學過嗎？ extra、cringey、basic 是什麼意思？」- American Slang: Extra, Cringey, Basic

不要忘了完成口說練習。

> **複 6**

10 分鐘複習：某部新影片，並進行口說練習。

> **新 7**

20 分鐘學習：某部新影片，並進行口說練習。

第八天之後就依照之前的學習步驟，陸續新增英文學習教材。由於你已經充分學習之前的內容，已經聽寫測驗完成的內容就暫時不用再學習了。繼續前進，維持每天五個學習步驟，先複習再學習的習慣，日積月累之後，成效將非常可觀。

記住！此學習步驟的關鍵重點是「由淺入深，間隔一段時間複習五次」。前面建議的學習時間（10 分鐘、20 分鐘）可以依照個人的學習狀況自由調整。有些人會重複口說練習非常多次，自然就會花比較多時間；有些人本來英文程度就比較

好，學習時間自然就短，因此可以依照自己的程度和興趣，調整每次學習內容的分量。不管你現在的英文程度在哪裡，只要你願意開始學習，慢慢一點一點學，就是非常大的進步。我們有很多學員一開始在接觸這個全新的學習方法時，一堂課花了4～5個小時才完成，這都是很正常的。有挫折感時不要氣餒，因為你正在使用全新的方法在學習，而這套新方法能夠徹底解決你學習英文的種種問題，改變過去英文學不好的狀況。

從你開始下定決心學習的第一天，你就可以按照我這套學習方法來做，你從哪裡開始學習，希望就在哪兒。

Where There is Learning, There is HOPE.

精通這套學習方法以後，除了學英文，你更可將它擴展應用到其他「專業科目」上。目前已經有許多學員跟著我的方法學好英文；甚至還有法律系學生用同樣的學習模式通過律師考試；最棒的是，我太太在完全沒有補習的情況下，使用這套學習方法，只準備了半年，就分別以第一名和第二名的成績，通過公務員高考和普考。人的潛力無限，只是大多數人不知道正確且有效率的學習方法。現在祕訣已經告訴你，改變就從今天開始吧！

希平方將艾賓豪斯理論與系統結合

希平方的「攻其不背」這款 APP 將學習的流程中加入複習，就是為了解決「複習」、「計畫」這項麻煩的作業。實際上，「攻其不背」是透過固定好的五步驟學習流程：一次學新課程、三次複習（由淺入深）及一次測驗，讓學員自己完成一堂課的上課內容。在學習的過程中，在系統上與網站或是 APP 的介面互動，可以照著自己的步調學習。當有問題的時候，可透過線上發問系統，與專業的真人老師互動、解開疑惑。

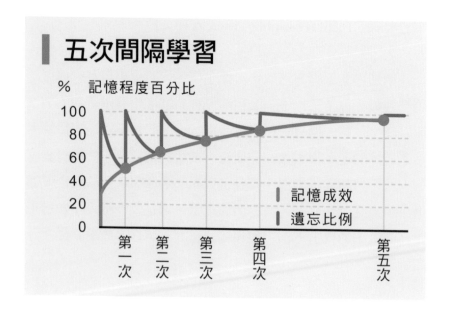

「攻其不背」特訓課程最主要的特色就是五次間隔學習課程：五次間隔學習課程就是依據記憶曲線理論，每堂課程開始時，先進行計畫式的複習，接著再學習新教材。無須課前預習，也無須課後複習，更沒有家庭作業。學習過程中完全不用背單字片語，跟著攻其不背的課程五次間隔學習後，自然牢牢記在腦海。

我也遇過學員質疑，為什麼才學過的課程，還要再上一次？因為，我希望學員可以「無痛」吸收。當年，父親的方式是，是用完全重複的內容，讓我們兄弟複習；我則是改進，用重複的概念，搭配遊戲化的模式，設計闖關練習，不斷反覆測驗學員不會的單字片語、文法等等，讓學員直視自己的弱點，對症下藥，以鼓勵取代懲罰，學員會更有成就感。

學員有很多種，有些學員想追根究柢，知道學習背後的邏輯與方法；有些學員就是按部就班，踏上我們為他鋪好的學習道路。透過學員不斷反饋，希平方以「特斯拉」為楷模，不斷優化。有學員希望用零碎時間好好上英文，我們就此研發了手機 APP，方便學員上課。系統也非常彈性：我們會根據學員的回饋，推出各種主題課程，讓學員能針對自己有興趣的主題，更加專注投入地學習。

　　看完本節，仍覺得困難重重嗎？我們已經幫你設計出一個好用的學習軟體，就是為了達成「幫你準備好英文教學教材＋帶著你做到有效且有計畫地學好英文」。請到這裡下載：https://www.hopenglish.com/download/classic.
更棒的是，在學習的過程中，能照著自己的步調學習。遇到疑問時，能透過線上發問系統，讓專業的真人老師與你互動，為你解答問題。

適性跳級學習

跳級「Ａ＋2」，進步超級「有感」

《孫子兵法》有云：「求其上，得其中；求其中，得其下；求其下，必敗。」

「跳級學習」在教育界中並非全新的概念。現今許多學校和補習班都標榜「Ａ＋1」學習方式，希望藉由將學習目標訂得高一些些，學生得以吸收得多一些些，學習成果也比較不會不如預期。

然而，在希平方的教學藍圖中，光是「Ａ＋1」，遠遠不夠。所有正在使用希平方的學員，都會接收到「Ａ＋2」等級的課程內容，也就是對自己的程度而言，難度並非高一些些而已，而是更加偏高的教學內容。這是為了落實更有效的「跳級學習」：學員一開始當然會覺得有挑戰性，但這難度絕對是學員「稍微咬牙」就能克服的程度。

這樣的難度，正是我父親當年在魔鬼訓練營中，為我們兄

弟精心設計出的設定值。父親從他個人的學習經驗體悟到：單字量愈多愈好。但只是一味靠閱讀，得花很長一段時間，才能吸收海量的單字；**唯有透過跳級學習，才可以有效率、短時間吸收大量字彙**。父親很重視跳級式學習，因為他自己的學習過程中，基於時間有限，自學必須要在短時間內「跳級」才能看出成果。**但跳級要成功，選擇「跳級的難度」是關鍵**。當然，萬一門檻拉太高，一句二十個字只會兩個字，挫折感會很強。但若有好的教練帶領，確保學生正確理解文意，進行適度的練習，學習的成效就能顯現。而多年的教學經驗也告訴我們：這樣的設定值能真正帶出學習效果，也能讓學生們「學習有感」。

然而，現今一般的教育要落實真正有效的「跳級學習」，是十分有難度的。不只在課程本身難易度的設計上要花費不少心思，更大的挑戰在於：**要如何確實掌握每個學員的程度，再基於他的程度，去適量提高難度呢？**

在學校一般大班制的課堂，老師很難有時間徹底了解每個學生的程度；即使掌握了，也很難挪出時間，為每位學生訂製特別適合他的課程。對廣大學子而言，除了「專屬一對一家教老師（還要特別為學生訂製階段性的教學計畫）」有可能做到，他們還能指望誰呢？

如何落實「跳級學習」？

人的大腦只不過是開發了 10% 而已，想要有效率的學習新技能，**跳級 A ＋ 2 是絕對有必要的！**

但問題來了，你該如何判斷自己的英文能力落在哪裡呢？

以前的「能力分班授課」一開始的出發點是好的，目的是要讓程度接近的學生可以聚在一起學習，但卻沒有考量到學生動態的學習能力，一試定終生。有學生一開始可能程度不好，但學習能力很強，卻被強迫留在低程度的學習課堂中；也有學生可能很早就開始補習了，因此在分班時被分到優秀的班上，但學習能力低落，在優秀的班級上學習，備感壓力。

至於自學時該怎麼選擇英文教材？這不是個容易回答的問題。

一般學校教育部安排每一堂英文課綱的生字量約為 4 ～ 5%，這是為了讓老師在教學上可以做到一個中間值教學，不會太難也不會太簡單。以當年父親帶我跟弟弟閱讀的案例來說，是因為父親夠了解我和弟弟的程度，所以由他直接判斷該

選擇什麼內容讓我們學習。在那 30 天魔鬼訓練，我們每天學習英文長達 8 ～ 9 個小時，每篇教材的生字量約 50 ～ 60%，非常辛苦，平均查一個單字要花 5 分鐘，當時若不是我的鐵血教練父親在旁邊逼著我前進，我也很難堅持下去。

但你沒有父親教練，若要靠自學，又為了達到跳級學習的成效，我會建議在學習新內容時，選擇的教材內容需要有 10 ～ 20% 的生字量，讓學習充滿「適度」（而非過易或過難）的挑戰性，勇敢走出你的舒適圈。舉例來說，對一般國中二年級英文程度的學生，中等偏難的生字如「education（教育）」或「discrimination（歧視）」等。句子長度、句型結構也影響著學習難度。

英文閱讀是如此，英文聽力部分也絕對不能放慢速度。你必須逼迫自己，一定要習慣外籍人士的正常語速，才能落實「跳級學習」的精神！

要提醒的是，跳級學習時若掌握難度不佳，則容易有沉重的挫敗感，翻開文章發現一大堆單字不會，要去判斷單字的前後文更加困難，也更容易讓自學者放棄。因此，引導者的角色「教練」格外重要。過去，父親扮演起「教練」的角色，但學

習之路上，他不可能永遠陪伴著我、為我解答。因此，了解怎麼幫自己挑選適合學習的教材，以及學習計畫的安排，將讓你受益一生。

配合學生的程度、興趣的適性學習，讓效果加倍！

什麼是「適性學習」？簡單說，就是針對學生的差異，有不同的教學內容。

老師在教學時，針對學生的興趣、學習速度、能力等差異，調整時間的分配、教材的選擇、教學策略等，就是一種適性教育。

適性教育代表學校採用「適性學程」（Adaptive Program），這類學程提供多樣化的教材與教學策略，讓課堂上的老師可加以應用。舉幾個常見的學程，譬如「個別輔導教育模式」（Individually Guided Education，IGE），著重在學校環境的改變，學校會先診斷孩子的學習動機和成就，決定個別的教學目標，老師可實施「有變化」的教學類型，依照學生達成目標的情況，再決定如何往下教，或採取補救教學。另一個經典

案例是「適性學習環境模式」（Adaptive Learning Environment Model，ALEM），這主要用於小學階段。此模式中，學生的作業是個別化的，依據學生起步時的能力來設計，對學習進度較快或較慢的孩子，施以補充或補救教學。

適性學習與適度的跳級學習，才是最有效率的學習法。學生在文法基礎足夠的條件下，字彙量再增加，才能帶出「英語學習融會貫通」的效果。中國自古就有「私塾」體系，西方國家直到 19 世紀末仍興盛「聘請私人家教文化」，也是一樣的道理。無論你學習什麼，若你的老師能真正掌握你的程度，並為你「適度」提高難度，學習的過程絕對是事半功倍。倘若還有辦法創造與老師「一對一教學」的空間，能讓學生免於同儕目光的壓力，專心度又能更加提高。

那麼，何謂不適性學習呢？其實，坊間一般「應戰大考」性質的補習班，以及有些學校特別準備「應戰大考」性質的考前衝刺課堂，就是最典型的「不適性學習」例子，**而不適性學習，正是導致學生程度 M 型化的元凶。**這些課程為了應付刁鑽古怪的考題，會針對程度偏難的考題特別講解，其結果就是除了頂尖學生之外，很少有學生能夠通篇理解吸收。如此一來，造成有些學生學習進度嚴重落後，有些學生因為嚴重的挫

折感而放棄學習。最終，成功考上理想學校的學生人數，只占全班人數的 10% 以內。試問其餘九成的學子，他們補習究竟是為了什麼呢？說白了一點，他們都成為了那十分之一的頂尖學生的「陪讀生」；而他們父母所貢獻的學費，也僅是讓類似的機構得以用相同模式繼續生存下去。

19 世紀工業革命以來，教育開始普及化，但同時也因為大班制教育，使師生比開始失衡。比起家庭教師一對一教學的時代，學生失去了接收高品質教育的機會。個人認為，科技發達的今天，正能重新開啟契機，借助科技的力量，縮短學生與高品質教育之間的距離。

老師對學生程度的掌握

希平方自創立以來，一直都致力於借助科技的力量，重現「私塾教育／私人家教教育」的品質，因為只有「量身訂做的客製化學習」，方能落實適性學習與適度的跳級學習，也是最有效率的學習。

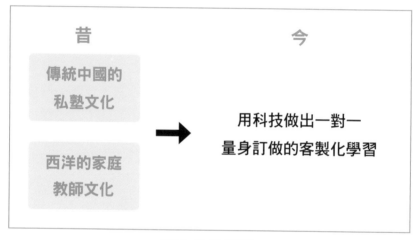

最有效的學習

第二章曾說明，要學習就要多元廣泛地學不同主題，因為你不曉得哪一天機會降臨時，你是否有那個能力用英文完整表達你的意思。許多學生學英文的時候很挑食，沒有興趣的主題就完全不想碰，會侷限在自己想學的主題。現在你已了解多元學習的重要性，那麼該怎麼選擇主題呢？

　　我建議你可以先從以下三大分類開始挑選，記得每項分類都不要過多過少，平均分配廣泛學習。

　　演說勵志主題：可找知名人物的演講影片，比如《哈利波特》作者 J・K 羅琳在哈佛大學精采的畢業演說，或賈伯斯知名的產品發表演講。這類影片教材都經過專家精心撰稿潤飾，在遣詞用字、文法修辭上保證百分之百優美，內容也絕對精采不冷場，非常適合模仿學習；但也要特別注意，這類影片程度偏難，學起來容易感到挫折，需要調適好心態再服用。

　　知識補帖主題：這類影片名稱通常叫做「How to...」，原本目的是要帶給觀眾某種知識技能，但對於學英文的人來說，這類影片除了有各式各樣的字彙片語應用以外，更提供多元知識，學起來趣味十足。

　　生活娛樂主題：學英文就是要拿出來使用！常常有學員問我，從小到大學了十幾年英文，每次輪到自己開口說，一句話都講不出來。其實，要能用英文流利交談，多涉獵生活娛樂主題的內容，絕對可以幫助你在各種場合開啟話題，永遠不冷場！

希平方的適性跳級學習：
每一秒都在分班，時時刻刻落實因材施教

當初帶著我們學習的「父親教練」非常了解我和弟弟的英文程度和興趣喜好。他一路陪著我們學習，當學習進度緩慢時，他就知道該稍微下修教材難度，選擇簡單一點的課程；當學習效率超乎預期地好時，他就知道要提高教材內容的強度，隨時動態調整。但這樣的「父親教練」不是人人都有，坊間有些補習班能透過測驗讓你知道「考試當下」的程度，但選定課程後，教材內容就已經固定了，難度也沒辦法再依據你的學習狀況而改變。

因此，我們開發了符合「適性跳級」的學習系統，並獲得了「適性教育」（Adaptive Learning）專利，過去托福系統也是採用這種概念。在教育現場，不論小班或大班，學生程度不一，標準化的教材往往讓學生吸收效果大不同，是學生程度 M 型化最大元凶。而**希平方透過及時 AI 檢測機制，偵測學生的字彙程度、聽力程度、長句分析理解能力、口說流暢度，全方面評量聽說讀寫，時時刻刻都在「分班」，於是，每個人都能得到自己的專屬課程。**

　　如果你有相關學習困擾，請到這個網址下載希平方 APP，了解我們能夠如何解決你的問題。

　　https://www.hopenglish.com/download/
classic

沉浸式學習
打造英語情境，模仿跟讀不停止，開口說英語再也不難

為什麼「沉浸式學習」這麼重要？任何新技巧，只要模仿久了，就會成功內化，拿學英文來說，**沉浸在英語環境，從聽人說到自己說，是練英文口說的關鍵**。然而，去美國就有英語環境嗎？

我想從一份潛艇堡說起。

我在美國生活時，走進潛艇堡的專賣店，這才發現用英文點菜，真的不容易！推開玻璃門，得告訴店員自己要什麼、不要什麼。記得初次踏入，見到眼花撩亂的蔬菜、醬料，只有信心點選我知道怎麼講的菠菜、橄欖、生菜……

那墨西哥辣椒該怎麼說？我前面排了四個人，先選麵包，再選尺寸，這問題不大。挑內餡時，我豎起耳朵，聽完，照著

他們說的跟著說，說著說著，就把醬料也成功選完了……

　　這正是從環境中學英文最好的範例──因為很餓，必須求生！

©Prachana Thong-on / Shutterstock.com
潛艇堡專賣店內，琳瑯滿目的內餡料，都必須由客人親自開口點選。

　　很多朋友問我，要怎樣聽得懂「美國人說的英文」？沒有辦法長時間出國留學，沒有環境的情況下，要怎麼樣訓練自己聽得懂他們的連音、氣音？在臺灣，能夠有這樣的環境嗎？

走進美國潛艇堡專賣店之前， 必須知道怎麼開口說的單字	
Onion 洋蔥	Jalapeño 墨西哥小辣椒
Olive 橄欖	Green Pepper 青椒
Lettuce 生菜	Cucumber 黃瓜
Tomato 番茄	Spinach 菠菜
Pickle 酸黃瓜	Avocado 酪梨
Cheddar Cheese 切達起司	Buffalo Sauce 水牛城辣醬
Italian Dressing 義大利油醋醬	Chipotle Southwest 墨西哥西南醬
Thousand Island 千島醬	Honey Mustard 蜂蜜芥茉醬
Ranch Sauce 鄉村醬	Red Wine Vinegar 紅酒醋醬

　　我想關鍵是「觀察力」。網路無國界的時代，透過短片、電影，就能輕鬆進入情境，為自己創造語言學習的機會。在還沒有出國讀書前，我非常喜歡看美劇，而當時，沒有這麼豐富的網路資源，爸媽還得去租借電影、美劇的 DVD，讓我們兄弟一邊看，一邊養成英語口語對話的聽力。

　　比起廣播教學或乏味的教科書，其實，電影短片更接近美式或英式口語用法；況且，影像、圖片，加上文化背景，在腦海中所植入的，是長期不可磨滅的記憶。

　　與其花錢找外國人閒聊，不如為自己「製造」英文環境，置身大量英文影片中，關掉中文字幕，當作自己人在紐約、舊金山或任何你渴望造訪的城市（用一點想像力吧）！你我與生俱來就是適應環境的高手，打開耳朵，先練聽力，就可以慢慢適應英文思考的模式。

　　另外，我想談談「遊戲」之於教學。不論是大人還是小孩，「遊戲」常常與「沉迷」畫上等號，但如果學英文也能上癮，那該有多好？舉例來說，任天堂的「switch 健身環」，便是「運動」與「遊戲化」結合的極致。我自己每天從一開始用半小時，現在已經愛不釋手，每天要玩一個半小時，一個月下

來大概瘦了三公斤。感受上，身體變結實、精神變好了（我沒有收代言費喔！）——遊戲能帶來的正面結果，讓我嘆為觀止。

沒有英文環境怎麼辦？

沉浸式學習的重點是指「創造出一個真實的情境，在那個情境下去學習怎麼說出口」。

當你在自學時，面對琳瑯滿目英文學習資源，是否有不知如何著手學習的困擾？

在這裡我建議你千萬不要再使用只有純文字的教材，不要只用「眼睛」學英文。現在你應該要找影音情境的學習教材，同時打開耳朵和嘴巴，理解英文的使用情境、人的表情反應、聲調及語氣，最後張開金口去模仿。

比如說：學習求職面試的英文短片，學習時想像自己就在那個場合，看著影片中人物的「表情」以及「語氣」，放大五感不要看字幕，在學習中去感受那個氛圍，去想想看自己會怎

麼說？而影片中的人物又是怎麼說的？如果不會，就模仿影片中的人物大聲說出來，經過反覆的學習，未來在遇到相同情境場合時，自然而然就能脫口而出。

而這部分最重要的關鍵是沉浸式「學習」，而不是沉浸式「娛樂」。如果你只是在 YouTube 看那些翻譯過的中文字幕就認為自己在學英文，那是大錯特錯！你充其量只是靠著中文翻譯理解影片內容，若拿掉字幕，你會發現什麼也聽不懂。

最後，也是最重要的，學英文千萬不要只是「學」而「不用」，既然依照了正確的學習方法學英文，就要想辦法抓住機會、製造機會「說英文」。只要不說出來，你的英文是不會流利的。想想看你現在中文很流利，但是如果給你整整三年閉嘴不說一句中文，你在三年後還能很流暢地說中文嗎？學英文亦是同樣道理，學了就要說出來。

希平方「攻其不背」課程，也有高比例的「聽打測驗」、「口說練習＝跟讀」，**只要多練習，就能不知不覺適應全美語環境**。

學習見證

開啟國際化交流的契機
——國立臺南大學行政管理系教授吳宗憲

現在的大學殿堂裡，有非常多的國際化交流機會，但英文，常常變成師生國際交流的「罩門」。

過去，我學英文的方式就是上傳統補習班，準備多益、考托福。補習班這種教法，短時間可以讓分數提高，但長期而言沒有幫助。我甚至還買過書，利用英文、中文的諧音，試著背單字，效果其實不是太好。

我覺得其實希平方這套學習法，最關鍵的地方是在「重複複習」的過程，尤其是重複學習五次，就能把讓不熟的學習內容，變得更熟稔。

而且，重複學習是「強迫重複學習」，你我常常會喜新厭舊，總想讀新的，卻忘記去鞏固舊的、已經讀過的內容。這套方法概念，其實不只適用於學英文，準備國家考試、增進記憶等場合也很好用。

　　我要求自己一天最少要上一個鐘頭的課。「學習」這件事情，如果沒有持續的話，效果會非常有限；而學習過程中，我最喜歡「錄音比對」功能，讓我在聽過一遍之後，馬上錄音，錄下來之後，我可以重複比對我的發音跟影片的發音是否相差甚遠。

　　也拜這套學習法之賜，我可以聽到自己的發音有多麼奇怪，也才知道如何去調整。

　　現在碰到國外的朋友，雖然不太可能如英語母語人士一般流利對話，可是基本上，我不會怕開口，而且，我發現對方也都聽得懂我在講什麼。

母語式學習

戒掉「中翻英」思維，聽說讀寫全方位訓練，自然產生英文語感

其實，我一直都認為，「翻譯」是學好英文最大的陷阱。從小到大，學校的英文考試總有一大題叫做「翻譯題」，不論是中翻英或是英翻中，如果沒有按照老師教的「翻譯規則」作答，往往就是扣分再扣分。

例如，題目這樣出，要你英翻中：

I went to school yesterday morning at 7 o'clock.

正確答案，老師會說：

昨天早上七點我去上學。

因為，老師有教過，時間、地點等副詞要放在前面。但

是，學習時真的應該照這樣的規則走嗎？當年父親告訴我，千萬不要這樣翻譯！他說，重點不是翻出來的中文有多麼通順、優美，而是要確保我所理解的內容完全正確。他會叫我這樣說出來：

我去上學，昨天早上七點。

有些人看到這樣的中文，可能會笑說：翻得像機器人一樣，根本就是丟到 Google 翻譯的吧！但父親要告訴我的是，按照英文語序去理解，才能熟悉真正英文思考邏輯。

這點在我剛回臺灣的時候也得到驗證——不少朋友在我剛回來的時候說我的中文怎麼說得好像 ABC 一樣，順序都怪怪的！那是因為我已經習慣英文的語序，自然而然說中文也使用英文的語序，所以別人聽起來自然覺得有點奇怪。

另外還有一種人，學英文的時候只懂得死背單字，等到要開口說，再把記憶中的字彙拼拼湊湊，勉強說出一段讓大家啼笑皆非的英文。還記得剛回臺灣的時候，參加過語言交換聚會，有位男孩，脫口說出 Where is here? 請你先想想看，這句話有什麼問題嗎？

Where ＝哪裡

Here ＝這裡

所以，這位男孩應該是想問「這裡是哪裡」。

陪他練習的美國朋友當場愣住，過了大約半分鐘，才終於明白他想說的應該是 Where is this place? 或 Where am I? 隨後糾正了他的英文。

切記，正確的學英文方法是要「跟著正確情境學」，而不是靠「死背單字片語」。在希平方課程中，也會要求學員練習，輸入直譯的中文，讓學員習慣英語的思考邏輯。

只想學「專業英文」，究竟錯在哪？

常常有讀法律、讀財金、讀理工的朋友問我，學英文，能不能好好針對職場所需要的「專業英文」學習就夠了？何必雜食這麼多日常生活中的英文題材？

面對類似疑問，我總是搖搖頭。因為，從赴美念書，到在美就職的實戰經驗，都在在告訴我：學英文，不能故步自封於

自身的「專業」，而必須海納百川，用「母語」的等級來訓練
自己吸收英文。

　　許多人在職場上只專注在自身專業領域上的英文，遇到需
要使用英文表達的場合，總是使用「中翻英」的思維：先用中
文組織想要表達的話，再把它翻譯成英文說出來。然而這樣的
英文無法融會貫通，成效或表達速度通常欠佳，絕對不會比
「全英文思考」的人表達英文來得流暢。

　　而要如何才能把英文精進到使用「全英文思考」？答案就
是「母語式學習」。要徹底習慣英文語句的構造，首先必須戒
除「任何想法都先在腦內中翻英再說出來」這種壞習慣！藉由
大量英文聽、說、讀、寫的訓練，以及日常生活中的接觸（大
量看無字幕的英文電影、電視劇也是一種頗具娛樂性的接
觸），**讓大腦習慣英語的表達方式，「英文語感」才能自然產
生，成為你大腦內建系統的一部分，而英文的存在於你而言，
也才會變得自然**。當你今天想要開口說明的內容，剛好是學
習、觀覽、聆聽過無數次的情境，只要運用簡單模仿的技巧，
就能輕鬆落實「英文開口說」。

商業英文與生活英文之間，其實沒有界線

針對「學習日常生活英語的好處」，我想分享我自身的故事。

我到加州大學戴維斯分校之後，開學第一週，自嘆技不如人，便放棄了加入 NBA 的念頭，轉而報考學校排球隊。在高中自我「體育特訓」加上高中校隊的紮實訓練之下，球技自是不在話下，再加上英文能力，我順利錄取了校隊第一隊。

那一屆絕大多數臺灣的同學，也許是對自己的英文能力不夠有自信，都紛紛加入臺灣學生交流會；反觀我身處球隊，不只是打球，還要在派對上、各種團隊活動中參一腳，漸漸地，我融入了校園，適應了美國生活和文化。

要在國外參加團隊運動，英文能力是必備。我曾經聽過一個傳聞，有一位臺灣的籃球明星，球技出眾，卻因為跟教練、同儕難以溝通，而失去了打 NBA 的機會。

後來，我在暑假時得到一次難得的實習機會。一位大學同學在美國頂級日本料理刀具公司任職，專門負責登門拜訪銷

售。他問我要不要也試試看，我抱著好奇的心情，開啟在美國打工的初體驗。

　　我思考著，買得起這套頂級刀具的人，肯定是有錢人，於是，我來到北加州的高級住宅區薩拉托加（Saratoga），挨家挨戶按門鈴，一早就瞎忙了三小時。正當我近乎放棄，對講機彼端，傳來一位中年男子的聲音，只聽他短短問了一句：Kobe or LeBron ？（意指兩個籃球名將二選一，Kobe Bryant 或 LeBron James。）

　　「KOBE for sure!（當然是 KOBE ！）」我說。

　　門應聲而開。

　　走進豪宅，眼前是兩個三十來歲的白人正在看 NBA 季後賽，他們爭論誰會贏得比賽，當我這個華人小夥子闖入，他們劈頭就問：我為什麼喜歡 Kobe ？又聊了聊 NBA，幾乎沒問起刀具的性能。但很快地，買賣順利完成，他們給了我一張一千美元的支票。

　　我終於成功售出貨品！那也是暑假中，我唯一一次的成功

銷售經驗，跟「專業」一點都沒關係，反而全仰賴我和客戶對 NBA 的熱情。

我再次體驗到聊天的重要性，是我 2011 年自加州大學畢業找工作時。金融海嘯後，就連美國大學畢業生都很難找工作，像我這種沒有美籍身分的華人，找工作更難，同屆畢業的一百六十位臺灣人，只有兩個人順利在美國找到工作。

其中之一就是我。

美國企業往往不願意幫外國人辦工作簽證，手續繁雜不說，還得登報，確定找不到該職位的美國人，才能錄用外國人（因保障當地人就業）。而我成功應徵上高爾夫球周邊產品的業務專員，能與客戶直接溝通這點是主要原因。之後大部分和我簽合約的客戶，不是和我暢聊高爾夫，而是下班後去運動酒吧喝兩杯聊開了，合約也自然隨後來到。

再說一個小故事。在加州舊金山，有很多知名畫廊，曾有一位學藝術的好朋友，獲邀到畫廊介紹自己的畫作，儘管他的作品很棒，但藝術這樣抽象的概念，他根本難以用英文表達，畫作自然也失去成交的機會，令人遺憾。

　　因此，究竟什麼是「專業英文」？只會寫商業書信，學會如何尊稱人，完全不夠！學英文，剛開始可以出於興趣咀嚼文章、素材，如同當年那三十天，父親「縱容」弟弟和我可以不讀政治、經濟的文章。**但終究有一天，英文學習拓展到一定的廣度，所謂的「專業」必須更廣泛、更跨領域地延伸。使用英文，必須如同使用母語一樣流暢。母語式學習，方能讓你邁開步伐，自在悠游於不同語言鋪展出的新世界。**

祕技

避開六句臺式英語地雷

我明明在說英文，外國人怎麼好像有聽沒有懂？來看看幾個臺灣人經常出現的臺式英文！

臺灣人說英文常常有種特別的方式，雖然表面是英文，但實際上卻不是英文母語人士常說或常用的！常見的例子有哪些呢？我選出以下經典「臺六線」：

臺式英文一：He's so man!（他好有男子氣概！）

要形容一個人很有男子氣概，中文有時會說「好 man」，但實際上 man 沒有形容詞的用法；要形容「有男子氣概的」，英文會用 manly 這個詞，像是：a manly voice（有男子氣概的嗓音）。

因此，如果要表示「他好有男子氣概！」，正確的說法應該是：He's so manly!（O），而不會是 He's so man!（X）。

例句　A: Wow. Look at that guy over there. He's so manly!
（哇。你看那裡的那個男生。他好有男子氣概喔！）
B: You're right! I bet he works out every day.
（你說的沒錯！我敢肯定他每天都去健身。）

臺式英文二：She's so fashion!（她好時尚！）

要表示一個人很時尚，中文有時會說「好 fashion」，但 fashion 其實不能作為形容詞。要形容「時尚的、時髦的」，英文會用 fashionable 這個詞，像是：fashionable clothes（時髦的衣服）、a fashionable woman（一位時尚的女士）。

因此，如果要表示「她好時尚！」，正確的說法應該是：She's so fashionable!（O），而不會是 She's so fashion!（X）。

例句　A: She's so fashionable!
（她好時尚！）
B: Indeed. She has a great taste in shoes.
（真的。她對鞋子有很好的品味。）

臺式英文三：That's so handsome!（那太帥了。）

要形容很「帥」，許多人會直接聯想到 handsome（帥氣、英俊）這個形容詞，不過這個詞其實只能用來形容「外表」，而不會用來形容行為。因此如果要表示某個行為很帥，不會出現 That's so handsome!（X）這樣的表達法，正確的說法會是：That's so cool!（O）。

例句 A: That's so cool!
（那太帥了！）
B: Absolutely! I wonder how he did that magic trick.
（完全同意！我好想知道他是如何變出那個魔術的。）

臺式英文四：You are too over.（你太超過了。）

Over 雖然也有「超過、超出」的意思，像是：It's over the budget.（這超出預算了。）但卻不能用來表示一個人的行為太超過，因此不能用 You are too over.（X）來表示「你太超過了。」；正確的表達法是：You went too far.（O）或 You've gone too far.（O）。

例句 Hold your tongue. You've gone too far.
（管好你的嘴。你太超過了。）

類似的表達法還有像是：

範例 You've crossed the line.
（你越界了。）

範例 You don't know when to stop, do you?
（你不知道適可而止，是不是？）

臺式英文五：Go to the next ppt.
（去下一張投影片。）

雖然 PowerPoint 可以用 ppt 來簡稱，但一張一張的投影片，英文不會說 ppt，而是會用 slide 這個詞。因此，要表示「去下一張投影片」的時候，英文不會說 Go to the next ppt.（X），而是會說：Go to the next slide.（O）。

例句 This leads to my next point. Let's go to the next slide.
（這引導出我的下一個論點。我們去下一張投影片吧。）

臺式英文六：Give you.（給你啦。）

　　中英文是兩種不同語言，有時候不一定能逐字對照翻譯，這裡就是這樣的狀況。當某人跟你索取某件東西，而你要表達「給你」的時候，英文不會說 Give you.（X），而會說 Here you are.（O）、Here it is.（O）或 Here you go.（O）。

例句　A: Can I have a look at your new phone?
　　（我可以看一看你的新手機嗎？）
　　B: Sure. Here you are.
　　（當然。給你。）

　　看完這些例子之後，記得要把正確的說法記起來，下次開口說英文，可別再踩六句臺式英語地雷。

五個核心學習方法：
正確學好英文的方法

前面我已經和你分享了學英文最有效的五大心法，而這五大核心要素缺一不可。整個打包，你就已經成功了一半。

試問你自己：

（一）自學總是有惰性、容易半途而廢？

你可以透過本章「反惰性學習」方法去克服惰性，一旦建立了複習的觀念，學習任何知識，事半功倍。

（二）學英文總是背了又忘、忘了再背？

你可以透過本章「五次間隔學習」方法去做到有效率的學習，讓知識成為長期記憶。

（三）學習進步緩慢？

請脫離舒適圈，勇敢照著本章的「跳級適性學習」做吧！A＋2 的學習法，能讓你離成功更近！

（四）在臺灣沒有英文環境？

你可以透過本章的「沉浸式學習」方法去創造英文環境。

（五）不想說出怪怪的臺式英文？

拋下過去傳統學校教你的「中翻英、英翻中」觀念吧！只要透過本章的「母語學習」，你很快也可以說出一口流利英文！

其中有幾個觀念你可能有聽別人說過，比如「像母語一樣學英文」。可是探究坊間的學習法，大多數卻只是「讓外師帶著小孩說英文」。可能連外師自己都不知道究竟什麼是母語式學習法，小孩毫無章法地亂學，學習成效未必夠好。

我們也常聽名校的英文科資優生說：我沒有特別學英文，自然而然就學會了。其實只要花相當時間去拆解那些成功人的學習路徑，你會發現，魔鬼正是出在細節上。那些你過去毫不在意的「細節」，正是他們的正確學習法，也是他們的致勝關鍵！

當你感覺學英文學得好累，好想放棄，你必須知道：學習從來就不是輕鬆的，「學習」的本質正是帶有一點點痛苦，同

時它也能為你帶來巨大的成就感。

　　很高興你已經讀到這裡。你已經掌握所有正確學習法的祕密。本書要獻給所有有願景的人：現在你可以選擇開始改變，相信接下來你會因為改變了一點點，周圍人事物也會像連鎖效應般愈變愈好。希望好的英文能力，也能帶給你人生第二次機會！

學習見證

英文從卡卡，變成能自然聽＋說
—— 在家自由接案者 Terry

曾經前前後後花了三萬多塊錢買英文教材，但就一直晾著，讓我老婆看到一次，就念我一次。不是說這些教材不好，但它們應該適用於懂得自己安排時間以及非常能自主學習的人。

而我不是。

對於像我這種一直嚮往能如英文母語人士一樣流利表達，但又無法持之以恆的人，直到與希平方的課程相遇，才發覺這套學習法應該是對我的語言學習最好的課程安排。

常常聽人家說，看電影或影集學英文是不錯的方法，但仔細想想，一部電影片長九十分鐘，對於我這種已經在工作的人而言，實在沒那個美國時間去看電影；反觀希平方，揀選最精華的片段，配合漸進式複習，果真不用背，光靠聽寫測驗，就能變長期記憶，運用手機 APP，零碎時間也不浪費。

而透過希平方，意外的收穫是：原本我英文打字非常慢，一邊聽寫練習，一邊打字速度也加快；錄音時，比對母語人士的發音，我開始能抓到說英文的韻律感（rhythm pattern），說起英文來慢慢有「歪果仁」的感覺。

一般學鋼琴、吉它或其它才藝，學兩年也只是玩玩而已，但學英文是很長期的事。我想這樣持續學英文，以後工作、旅遊都用的到，實在是效益很高的事。以我自己來說，開始認真學英文主要有幾個因素：

一、孩子上小學，開始上英文課，我希望自己的程度夠好，可以帶著他們好好學。

二、我一直教導自己的小孩任何事情（學樂器、英文、甚至是運動）都不可能一下子有所成就，一定要做足功課，花很多時間才能慢慢累積。台上十分鐘，來自於台下十年苦功。自己又怎能不以身作則？

三、我身為自由接案的工程師，在世界任何角落，應該都有一口飯吃，唯獨語言的藩籬，有可能侷限了自己的發展。

　　我的上課頻率是：平日是每天一堂，假日的話，起床後一堂、睡前一堂。這樣的節奏是我自己摸索出來、最適合我自己的，不見得適用於每個人。但是，要達成一天一堂沒有那麼困難！只要善用零零碎碎的時間就可以。一堂課約一‧五至兩小時跑不掉，把它分散至不同的時間，比較容易達成，例如早上起床時，不如打開手機練習個幾句。中午休息時間或通勤時，不方便練習口說，那麼就練習聽寫測試。

　　有衝勁很好，但除非課程的單字及內容對學習者來說相對簡單，否則最好能堂與堂之間相隔數小時，或有個能小睡片刻的緩衝時間。因為記憶要深刻，是透過大腦「回想」才能加深的。最好是隨時都能從自己的回憶撈出新學會的單字，那這個單字就能變成中長期的記憶。

　　英文在你的人生中重要性如何？如果你把它看得很重，每天回家第一件事、睡前一定要完成的事就是「練習英文」，那自然能夠持之以恆。如果你覺得和朋友出去玩樂比較重要，那就玩樂吧。人生短短數十年，一下就過了，每個人都會死，蘋果創辦人賈伯斯有再多的豐功偉業，死了一樣什麼都沒有。

　　但，如果你和我一樣，認為英文能讓自己更上一層樓，而

不願只是羨慕別人的英文能力，那麼就給自己至少兩年的時間，把英文放在第一位。身處網路影音時代，我們比起以前的學生，真的幸福太多，不用出國就能聽到英文母語人士說話。相信我，上了希平方大概一百堂，再收看很多英文短劇時，不需要字幕就能聽懂。

應考&職場&日常的
必學英文

注意：本章介紹各種場合下的實用英語單字／常用句，然而
還是要搭配「五次間隔學習法」學習，記憶才能深刻而持久。

【應考篇】
in 跟 at 有什麼差別？

　　介係詞 in 跟 at 都可以用在要表示位置的時候，但兩者到底有什麼差別呢？有好多學生遇到這兩個字的時候都會這樣問：

　　表示地點的時候，in 跟 at 到底該怎麼選？例如：He's ＿＿＿ his office right now. 我要怎麼區分要用 in，還是要用 at 呢？

這個時候用 at

　　我們可以將使用 at 的情況分成下列幾種：

當你把某個位置視為一個「點」的時候
　　像是 at the gate（在大門），就是將 gate 視為一個「點」，所以用 at。

例句 All the kids were sitting at their desks waiting for the teacher.

（所有孩子們都坐在他們的位子上等著老師。）

當你要表示在哪間公司、學校等活動的所在處

常見像是 at school（在學校）、at ＋公司名稱……等。

例句 He was working at Google before he retired.

（在他退休之前，他是在 Goole 工作。）

包含了一群人的活動

像是 at the party（在派對上）、at the cinema（在劇院裡）

例句 Where were you? I didn't see you at the party.

（你在哪裡？我在派對上沒看到你。）

這個時候用 in

同理，也有一些情況會需要用 in，常見的是以下情況：

強調的是一個空間「裡面」

也就是說它是有界限的感覺的。

例句 Who is in that room?
（誰在那間房間裡面？）

例句 The Smiths have lived in this town for more than 15 years.
（Smith 一家人住在這裡超過 15 年了。）

用於工作場所時

強調的是位於那個空間，重點不在於有什麼活動在進行。

例句 He was in his office a minute ago. Maybe he just went to attend a meeting.
（他剛剛還在他的辦公室裡。或許他去開會了。）

回到開頭的問題：He's ＿＿＿＿ his office right now. 空格處其實用 at 或是 in 都是正確的，端看你想要強調什麼意思。

如果是說：He's at his office right now.（現在他人在他的辦公室。）就是將 office 視為一個點，或是視為某個活動會發

生的地方，而如果是說 He's in his office right now.（他現在在他的辦公室裡面。）就是說他在這裡面，位置位於 office 這個空間裡。

　　雖然介係詞 at 跟 in 很像，但細究起來還是有許多不同之處。

【應考篇】
意思相似的 for 跟 to，
它們有差別嗎？

　　介係詞的選擇時常搞得許多學生一個頭兩個大，尤其 to 跟 for 意思實在非常相像，因而讓許多人感到無所適從。你也卡在這種問題裡出不來嗎？

　　Learning English well is important ＿＿＿ me.
　　這個句子應該用 to 還是用 for 呢？

只能用 for 的情況

　　首先，如果句子是這種句型：It's ＋ 形容詞 ＋ to do something...

例句 It's important to learn English well.
　　（把英文學好很重要。）

　　這種情況下要表示「對誰來說」，介係詞要用 for，所以要說：It's important for me to learn English well.（對我來說，把英文學好很重要。）

例句　It's good for you to eat all of your veggies.
　　　（把你所有的蔬菜吃完對你是好的。）

例句　It's difficult for her to ignore her parents' opinions.
　　　（要忽略她父母的意見，對她來說很困難。）

視形容詞而定的情況

　　而如果不是虛主詞句型的話，許多形容詞會有它習慣搭配的介係詞。像是：

（O）It's interesting to me.（這對我來說很有趣。）
（X）It's interesting for me.

　　就像 interesting 會固定搭配 to，有些形容詞則是習慣搭配 for，例如：difficult。

（X）It's difficult to me.

（O）It's difficult for me.（這對我來說很困難。）

　　如果你覺得這樣分辨很麻煩，可以直接在句首放上 To someone，這樣不論這個形容詞後面是要搭配 for 還是搭配 to，放在句首都一律是 to，所以前兩句不適當的句子可以這樣修正：

（O）To me, it's interesting.（對我來說，這很有趣。）

（O）To me, it's difficult.（對我來說，這很困難。）

to、for 都可以，差別在哪裡？

　　但如果是遇到考試時，挖空偏偏挖在形容詞後面，我們無法換句話說的時候，我們也大致可以用以下這個方法判斷：to someone 表示「特別針對這個人，對其他人並無影響」；而 for someone 則是「以常人理解來說都是如此」。我們直接以句子來解說：

例句 Handing in her reports on time is important to her.

（準時繳交她的報告對她而言很重要。）

例句 Handing in her reports on time is important for her.

（準時繳交她的報告對她而言很重要。）

　　這個句子裡用 to 或是 for 都是正確的，只有些微差異而已。講 to her 是表示「她自己覺得」準時繳交作業非常重要，但在旁人看來可就不一定了；而若是講 for her，則意指「從旁人角度來看」，準時繳交作業對她很重要，可能大家一致都認為她必須這麼做，否則就會有什麼不堪設想的後果。

【應考篇】
when 跟 while 差別在哪裡？

I saw him _____ I took off my hat.
（當我拿下帽子時，我看到了他。）

第一時間，會覺得在空格處填上 when 就對了，但是仔細一想，填上 while 是不是也可以呢？

查字典會發現 when 跟 while 都是「當……的時候」的意思，但是兩個字是完全一樣，還是有點不同？其中又是否有什麼分辨方式呢？

when 跟 while 都可以用的時候

當引領的子句是「一個背景動作」的時候，**when** 跟 **while** 都可以使用。

例句 I heard the doorbell ring when / while my mom was preparing dinner.
（當我媽媽在準備晚餐的時候，我聽到門鈴響。）

　　因為連接詞 when/while 帶領的子句：my mom was preparing dinner 是相對於「我聽到門鈴響」這件事情發生時的背景動作，這種情況 when 或是 while 都可以用。

例句 The celebrity was recognized by one of her fans when / while she was getting coffee.
（那位名人在買咖啡的時候被她的粉絲之一認出來了。）

例句 When / While Kate was cleaning up her room, she found the earrings she had been looking for.
（當 Kate 在清理她的房間的時候，她找到了她一直在找的耳環。）

例句 We faced a lot of obstacles when / while we were planning out the new project.
（當我們在規劃新的企劃的時候，我們遇到了很多困

難。）

以上可以看到，這種「背景動作」常常搭配使用的時態是進行式，因為背景動作通常是比較長、有延續感的動作。

when 跟 while 不同的時候

兩個動作是「短的、瞬間的」動作，常用 when

前面 when 與 while 可以通用的判斷重點為：連接詞的子句裡動詞是否為背景動作。而如果整個句子裡兩個動作都是短的、瞬間的動作，常用 when。

例句 I saw him when I took off my sunglasses.

（當我拿下我的太陽眼鏡時，我看到了他。）

因為整句裡的兩個動詞：saw 以及 took off 都是短的、瞬間的動作，這種時候常用 when。

兩個動作是「長的」，常用 while

反之，如果兩個動作都是「長的」動作，則常用 while。

例句 I was folding the clothes while my husband was ironing.
（當我先生在熨衣服的時候，我在摺衣服。）

要表示一段時期，用 when

像是表示「在……歲時、在……時期」，就會用 when。

例句 When I was 10, I earned pocket money by folding clothes for my family.
（我十歲的時候，我透過幫家裡摺衣服來賺零用錢。）

例句 I used to love their food when I was young.
（我年輕的時候很愛他們的食物。）

兩個動作有先後差別，用 when

有時候兩個動作不是同時發生，而是在 A 動作發生之後，B 動作才發生，這種有一點點時間差的情況，除了 before / after 以外，還可以用 when。

例句 The burglar started to run when he saw that there was a police officer at the corner.

（盜賊在看到轉角有警察之後，拔腿就跑。）

　　其實是先看到警察，這個盜賊才拔腿就跑，這種兩個動作有時間先後差別的情況，要選擇用 when，而不是 while 。

　　以上這樣的分辨方式是大方向的準則，掌握好之後，就不用怕被考題考倒了！

【應考篇】
想要多益黃金證書？給你三盞燈

　　臺灣的多益考試（TOEIC）自 2018 年 3 月改版後，題型變得更有挑戰性。例如，聽力部分會有三人對話、邊聽邊看圖表判斷答案等。閱讀部分，較簡單的填空題變少了，取而代之的是人人都怕的多篇閱讀題組……。

　　以下要跟大家分享三個多益改版準備方向，讓你不只能勇奪多益「黃金證書」，還能養成真正的英文實力，而非只是個會考試的書呆，費盡九牛二虎之力，換得一身榮耀，卻是「金玉其外，敗絮其中」。

第一盞燈：讓生活中充滿英文，不知不覺一飛衝天

　　這件事實在是太太太重要了（因為很重要，所以「太」要寫三次），可以讓你不知不覺累積英文實力，長期下來效果驚人。

　　例如，若你平常有滑臉書的習慣，那你一定要給「HOPE English 希平方學英文」粉絲團一個讚，就可以常常讀到英文教學影片、英文教學專欄、配上中英雙字幕的道地英文短片等有趣又實用的學習資源，多到你看不完。

　　若你喜歡看電視劇，可以把時間都拿來看美劇，不要再看韓劇。但要提醒的是，「看美劇」和「看美劇學英文」是不一樣的。記得看到喜歡的句子時，要停下來了解該句英文字幕，再多聽幾次。

　　總之，你可以回想從早上起床到晚上睡覺的每一個細節，有哪些是可以改用英文來做的？

　　資源、方法這麼多，不用怕沒得學，只怕你都不撥出時間來學！

第二盞燈：強力英文特訓，光速提升聽說讀寫

　　為什麼有案例可以在三個月內，多益成績從大約四百分，大幅提升至七百五十分？

「刻意、密集的訓練」是關鍵！

例如，許多人都會用希平方開發的線上英文特訓系統，讓自己不只是看道地的英文短片，快樂學習，還可以有效率地提升聽說讀寫實力，多益分數自然也是水漲船高。

以「攻其不背」教材來說，短片保留母語人士的真實語速，也包含了英國、北美、澳洲、其他腔調，再加上「單句重播」、「大量的聽打練習」等設計，能協助大家有效打開英文耳。當你習慣很快的語速，再去做多益聽力考題，當然會覺得速度變慢，也更好理解題目。

「攻其不背」教材也提供許多老師講解，包含長句解析、特殊單字文法解析，幫助大家能輕鬆理解句意。若還有不明白的地方，都可隨時透過「發問」功能，私下詢問老師，問問題不再難以啟齒，徹底將不懂的地方弄懂！

第三盞燈：狂做模擬試題，熟悉戰場情勢

雖然我不鼓勵考前臨時抱佛腳，但若想要在各大考試拿到

更高分，考前一定要熟悉考試題型、作答時的感覺。

建議考前三個月要加入「模擬試題」的練習：

（1）先去買聽力閱讀模擬試題，最好有附詳細解說。

（2）每週都要空下完整兩個小時，假裝自己在考試，寫一回模擬試題，前四十五分鐘做聽力測驗，後七十五分鐘做閱讀測驗。這樣三個月下來，至少有十二次模擬考試的機會！

（3）對完答案後，不要氣餒，接下來一整個禮拜，趕快把自己不會的單字、句型查出來，思考為何自己會答錯，並努力記一下新學到的內容，聽力的部分不要看字，再多聽幾次。

學習見證

4 個月考到多益金色證書

——法律工作者羅小姐

　　我有一位同事，他下班後，為了學好英文，報名線上英文課程。我心想，這搞不好是一個學英文的好方法。我不太想為了補習特別跑了一個很遠的地方，到一個特定的地點上課，英文線上課程也許是個不錯的選擇，我在家裡面就可以直接上課。

　　於是，我查了所有相關的英文線上課程，發現有個叫「希平方」的線上課程，心想來看看好了。

　　我瀏覽了希平方線上網站，接著也看到了創辦人（編按：即本書作者）說三十天內就能學好英文。我心想：「真的嗎？」最初真的很懷疑，不太相信這是真的。

　　於是，在 2018 年底，我買了曾知立的第一本書。我一邊讀著，半信半疑，一邊依照他的方法試試看——沒想到，他的教學法非常適合我，我可以在房間裡大聲練習英文，也不用怕被別人笑。

　　原本快要放棄學英文的我，默默在家練功四個月，考完了多益，拿到多益金色證書──895 分！我想建議所有像我一樣的讀者，再給自己最後一次機會，使用希平方學英文的效果，真的比想像中還要大很多！

　　剛開始，我不太敢對外國人開口秀我的破英文，但如果用希平方，不會有個老師在那邊盯著我說：「喔！妳的發音錯了！」我可以舒服躲在自己的房間，對著電腦，就算錯得離譜、卡得離奇也沒有關係，一遍、兩遍，不斷練習說，說到我覺得順為止，見笑的地方不會被人知道。

　　想與大家分享一個小祕技：我試著用「不要看字幕去跟讀」的練習方法，效果很好。同一句再出現的時候，我就能夠聽出來它在說什麼。

　　回想起拿到多益成績單的一刻，還很不真實，我在房間內走了兩步，才跳起來大叫：「耶！這金色證書是真的！」

【職場篇】
掌握 10 個英文單字，
寫一張漂亮履歷

　　書寫英文履歷的時候，必定會用到很多動詞來描述自己做過什麼樣的工作。善用以下從三個技能出發，必備的十個動詞，能讓你的履歷看起來更專業。一起來學習這些履歷必備動詞！

Management Skills 管理技能

manage 管理

Managed several complex projects.
（管理多項複雜專案）

supervise 監督

Supervised a team of more than 20 employees.
（監督成員 20 人以上的團隊）

host 舉辦

Hosted and coordinated international activities.

（舉辦並協調國際活動）

organize 組織

Organized launch parties and marketing events.

（組織發表會議及行銷活動）

Communication Skills 溝通技能

arrange 安排

Arranged weekly marketing team meetings.

（安排每週行銷團隊會議）

negotiate 協調

Negotiated with suppliers to save $1 million in three months.

（與供應商協調，三個月內省下一百萬美元）

recruit 招募

Recruited new members to the company.

（為公司招募新員工）

Research Skills 研究技能

analyze 分析

Analyzed big data to determine strategy and direction.

（分析大數據以決定策略及方向）

experiment 實驗

Experimented with new materials to create breathable fabrics.

（實驗新原料以製作透氣布料）

investigate 調查

Investigated process control issues.

（調查流程控制問題）

　　其實履歷上會用到的動詞不只有這些，善用這些動詞能讓你的履歷看起來更專業，學習過這十個動詞之後，以後寫英文履歷就不再害怕。

【職場篇】
面試自我介紹：用這三招，超順利

　　領完年終獎金（如果幸運有的話……），不少人可能考慮賺換職場跑道。以下為讀者整理好英文面試時，必備的面試單字以及片語，精準用字佐以片語，不僅更言之有物，也能讓面試官印象深刻，順利得到夢寐以求的工作機會。

形容自己個性

　　hardworking（勤勉）
　　trustworthy / reliable（可信賴的）
　　committed（忠誠的）
　　focused / dedicated（專注的）
　　organized（有組織的）

　　這些字可以運用以下句型：
　　I'm _____ .

I'm a ＿＿＿＿ person.

例句　I'm hardworking and always willing to learn.
（我很勤勉認真，且總是樂於學習。）

例句　I'm an organized person, which helps me manage my work
schedule.
（我是個很有組織的人，而這幫助我管理我的工作時
程。）

說明自己長處

organize / analyze（組織 / 分析）
multitask（同時處理多件事項）
solve problems（解決問題）
communicate efficiently（有效溝通）
work in an international environment（在國際環境中工作）

可以運用以下句型：
I'm good / skilled at ＿＿＿＿ .

I possess excellent _____ skills.

My strength is / are _____.

例句 I'm good at solving problems that other people can't figure out.

（我很擅長解決別人無法處理的問題。）

例句 I possess excellent multitasking skills with the ability to manage several projects in multiple languages.

（我擁有同時處理多件事項的高超技巧，也能以多種語言管理多項企劃。）

例句 My strength is that I can communicate efficiently with interested customers and stakeholders.

（我的強項是我能與有興趣的顧客和股東進行有效溝通。）

敘述自己經驗

work for（為……工作、在……工作）

可以運用以下句型：

I have worked for ＿＿＿＿ for ＿＿ years as a ＿＿＿＿ .

I have ＿＿ years' experience as a ＿＿＿＿.

I have worked for various companies including ＿＿＿＿＿ .

例句 I have worked for Apple Group for five years as an accountant.

（我曾在 Apple Group 擔任會計師五年。）

例句 I have three years' experience as a mechanical engineer.

（我有三年的機械工程師工作經驗。）

例句 I have worked for various companies including Google, Facebook, and Twitter.

（我曾在不同公司服務過，包括 Google、Facebook，以及 Twitter。）

【職場篇】
開誠布公聊薪水、談福利

　　說到面試，許多面試者在衡量要不要加入一間公司時，除了工作內容外，也會考慮到薪資、福利、工時、公司文化等，但你知道該如何開口詢問嗎？

詢問薪水

　　面試時，我們經常會等待面試官主動詢問薪水，但如果面試過程中一直沒有提起，該如何開口詢問呢？以下有幾個表達法可以參考：

例句 What's the starting salary?
（請問起薪是多少呢？）

例句 How much does this job pay per hour?
（請問這份工作的時薪是多少呢？）

例句 What is the pay range for <u>the marketing sales job</u>?
（請問<u>行銷業務</u>這份工作的薪資範圍是？）

　→ 底線處可以替換成其他職位

例句 I'm looking for jobs near <u>the $40,000 mark</u>. Is that in line with your budget ？
（我希望找年薪接近<u>四萬美元</u>的工作。這符合你們的預算嗎？）

　→ 底線處可以替換成其他薪水數字

　※ 美商在談薪水時，通常是以「年薪」或「時薪」為單位去談，而不常用「月薪」去談。

詢問福利

　除了薪水之外，像是獎金、休假等其他福利也是許多人求職時的重要考量。我們可以這樣詢問：

例句 How many days of vacation are offered?
（請問有多少天休假？）

例句 I'd like to know more about the compensation package for this position.

（我想知道更多與這個職位有關的薪酬待遇。）

例句 Could you tell me more about the benefits package that's being offered for this role?

（可以告訴我更多關於這個職位提供的福利待遇嗎？）

　　※ 英文常會用 compensation 跟 benefits 這兩個字來談論福利，但兩者還是有些區別的，compensation 通常是指跟「金錢相關」的薪酬，包括薪水、獎金……等，而 benefits 則包括像是休假、公司供餐……等其他福利。

詢問工時、工作環境

　　許多人求職時也很在意工時、工作狀況、工作環境，像是否要在假日工作、是否要出差、公司文化如何。想探聽的話，可以這麼問：

例句 How many hours a week does someone in this job typically work?
（這個職位的人每週通常工作幾個小時？）

例句 Do we have to work on weekends?
（我們會需要在假日工作嗎？）

例句 Do we have to take work home?
（我們會需要把工作帶回家做嗎？）

例句 Would this position involve much travel?
（這個職位會經常需要出差嗎？）

例句 Can you tell me about the company culture?
（可以告訴我這間公司的文化嗎？）

　　相信日後如果需要開口詢問薪資、公司福利等的時候，掌握以上英文例句，就知道該怎麼開口。但要記得：找對時機非常重要，事前也要做足功課。

【職場篇】
被問起離職理由……神回覆之法

如果你想去的公司是一間外商公司，或是它的面試要求以英文進行的話，當面試官問你：Why did you quit your last job?（你為什麼辭去上一份工作？）你會支支吾吾不知道怎麼包裝事實嗎？別擔心，接下來要告訴你怎麼樣回答得漂漂亮亮，讓你跟夢寐以求的工作不再擦身而過。

事實是薪水太低，但你可以說……

多數人想離職的第一個原因可能是「薪水太低」，但是在回答面試官的時候，你不會也不該直接表明這點，這時候你可以四兩撥千斤，先表明你自己的能力有哪些，再說你現在的工作沒辦法讓你的能力有發展空間，所以你才離開，因此你可以說：

I'm very good at leading a team. I know how to put people in their right positions, and I've led my team in my last job to close five deals last year. However, I think I'm ready for a bigger challenge. I know that your company is looking for someone to handle a big team. I'm really excited to contribute and can't wait to step up to challenges.

（我非常擅長領導一個團隊。我知道怎麼將人放在正確的位子做事，而且我去年帶我上一個公司的團隊成交了五個案子。但是，我覺得我準備好迎接更大的挑戰了。我知道您的公司正在找人來帶領一個大團隊。我很興奮可以有所貢獻，而且等不及要迎接挑戰了。）

事實是沒有前景，但你可以說……

那如果你是因為已經做膩了在前公司做的事情，你可以這樣包裝這個事實：

I really enjoyed working with my coworkers; the work environment in my last company was absolutely great. However, I'm the kind of person who likes to try new things, and thus I'd like to give it a try in this field. Since this position is not entirely different from what I did before, I'm sure my previous experiences will be of assistance here.

（我真的很喜歡跟我的同事共事；我上一個公司的工作環境非常好。然而，我是那種喜歡嘗試新事物的人，因此我想要在這塊領域試試看。因為這個職位與我之前所做的工作並不是完全不一樣，我相信我以往的經驗在這裡可以提供許多協助。）

事實是不受認同，但你可以說……

在工作上即使你很認真、付出很多，但有時候剛好磁場不合的話，你的那些努力還是不被賞識。到下一個公司面試的時候，當然你不用直接明白地講出這個原因，你可以用其他方式來包裝，像是你覺得新工作的職責描述更符合你的期待，你就可以試試這樣說：

I worked in my last company for many years, and I've accomplished a lot there. Yet, I'm looking for new responsibilities, and this position perfectly matches my expectations.

（我在我上一個公司工作了好多年，而且我在那裡完成了

許多事。可是我正尋找新的職責，而且這個職位完全吻合我的
期望。）

【職場篇】
第一次寫英文信就上手

想要叱吒商場，掌握電子郵件禮儀絕對是可以大大加分的技能之一。寫英文信件時，有什麼元素是一定要包括在內，又有什麼架構要遵循呢？

第一部分：Greetings 稱呼／問候

寫信時，確認寫信的對象非常重要，一開始信件的問候就要確實稱呼，才能讓收信人感覺受到尊重，最常見的問候就是「Dear ＋收信人 ,」例如：

※Dear Mr. Brown / Miss Brown / Mrs. Brown / Ms. Brown
其中 Mr. 是指「先生」，Miss 稱呼「未婚女性」，Mrs. 稱呼「已婚女性」，Ms. 則是用在不確定婚姻狀態的女士身上。

另外如果不確定收信者為何，可以這麼寫：

※To Whom It May Concern,（敬啟者）

第二部分：Reason for Writing 致信原因

接下來可以稍微說明一下，為什麼你會寄這封信，有什麼主要的原因。有一個句型非常萬用：

※I'm writing to...

例句 I'm writing to apply for the position of assistant fashion designer.
（我寫信來應徵時尚設計師助手的職位。）

例句 I am writing to ask for more details about your new product.
（我寫這封信是想取得您的新產品的更多細節資訊。）

第三部分：Make a Polite Request 有禮地提出需求

商業來往，常常會有需要對方協助，或是要提出需求的時候，掌握以下句型，就可以有禮地說明：

※Could you...

例句 Could you please send me the meeting minutes from our last meeting?
（可以請您寄給我上次會議的紀錄嗎？）

※Would you mind...

例句 Would you mind scheduling a meeting for me with Mr. Gates tomorrow?
（你可以幫我安排明天跟蓋茲先生的會議嗎？）

※Would it be possible to...

例句 Would it be possible to get a discount on bulk orders?
（大量訂購可以有折扣嗎？）

第四部分：Attaching Files 附加檔案

信件最後若有附加郵件，也別忘了提醒收件者：

※Please see the attached file.

（請見附加檔案。）

※Please see the following attachment.

（請見附加檔案。）

※Please find attached the file you requested.

（請查收您所需要的檔案。）

第五部分：Closing 結尾

以下舉一些英文信的簡單結尾金句給你參考：

※Thanks in advance.

可以用來感謝某人幫你完成了某些事情。

※I look forward to your reply.

算是滿正式的結語，期盼對方可以回信。

※Let me know if you need any information. / Please let me know if you have any questions.
讓對方知道你非常積極，且樂意幫忙。

※Have a wonderful day / evening.
雖然是一句簡單的問候，卻能夠大大拉近彼此的距離。

　　至於正式的結尾，該用什麼敬語呢？我們常用的 Best regards，翻譯成中文是「致上我最高的問候」，是不是覺得很饒舌又有點距離感呢？其實，不同場合或者不同對象，都有不同用法，以下為大家整理常用的英文信「完美結尾」！

※Best / Best wishes
　　這是最通吃的結尾。不論在日常生活或者工作上，都可以使用。

※Sincerely / Sincerely yours / Yours sincerely
　　不論生活日常、工作日常又或者是正式信件，假如說你不知道要用什麼來結尾，用 Sincerely 準沒錯，絕對不會有任何問題！

※Regards / Best regards

這也是有禮貌的萬用結尾。

※Yours / Yours truly

日常、工作書信皆可使用，是滿有禮的結尾。通常可以用在你可能跟某一個客戶有一面之緣時，卻又想要拉近距離時。

※Love

這個結尾是非常私人的。通常使用在情人、家庭或者跟你非常親近的朋友們。

※Cheers

一種非常歡樂的結尾，常讓人聯想到「乾杯」。比較適合用在朋友與同事之間。雖然 Cheers 這個結尾讓人感到比較輕鬆，但要小心，容易帶給人比較「不嚴肅」的感覺。

※Take care

也是一種比較隨性的結尾，通常用在好朋友之間。

範例

Dear _____ ,

Best regards, ──────────────── 務必記得要逗號！
下面需要空一行

Charlie Tseng ──────────────── 你的大名
Sales Director, HOPEnglish ────── 先職位，
再所屬公司

【職場篇】
後疫情必備！視訊會議金句連發

經歷了 2020 年的新冠疫情，你一定要掌握視訊會議用語，像是「可以請你講大聲一點嗎？」英文怎麼說？視訊會議會遇到的狀況百百種，如果要請對方「開啟鏡頭」，或「調高、調低麥克風音量」，你知道英文該怎麼說嗎？學會以下句子，參加線上會議時，可以更順心！

確認成功連線

首先，線上會議正式開始前，會需要確定大家都進入了雲端會議室，且彼此都能聽到、看到對方，這時候，有幾個常見的句子可以運用，像是：

例句 Are you there?

（你在嗎？）

例句 Can you see me now?

（你現在看得到我嗎？）

例句 Can you hear me now?

（你現在聽得到我的聲音嗎？）

例句 Hello, I can see you now.

（哈囉，我現在可以看到你了。）

畫面相關

　　線上視訊時，有時會出現畫面停住、對方沒有打開視訊鏡頭，或需要共享螢幕的狀況，這時候，我們可能可以用以下幾個表達法：

例句 You've frozen.

（你的畫面停住了。）

例句 Can you turn on your webcam?

（你可以開啟鏡頭嗎？）

例句 Can you share your screen?

（你可以共享螢幕嗎？）

例句 Can you see the screen I just shared?

（你有看到我剛共享的螢幕嗎？）

聲音相關

開線上會議時，也很常會遇到聽不到聲音、聲音跟畫面不同步等問題，我們也來看幾個能用使用的英文句子：

例句　You're on mute.
（你按到靜音了。）

例句　Can you unmute your microphone?
（你可以開啟你的麥克風嗎？）

例句　Can you please mute your microphone?
（你可以把麥克風調成靜音嗎？）

例句　Can you turn up the mic volume?
（你可以調高麥克風音量嗎？）

例句　Can you turn down / lower the mic volume?
（你可以調低麥克風音量嗎？）

例句　I can't hear you clearly.
（我聽不太清楚你的聲音。）

例句　Can you plug in your earphones?

（你可以接上耳機嗎？）

例句 Can you please speak up?

（可以請你講大聲一點嗎？）

例句 Can you please lower your voice?

（可以請你講小聲一點嗎？）

例句 Your audio is out of sync.

（你的聲音跟畫面不同步。）

通訊相關

開線上會議時，穩定的網路也是很重要的，如果遇到網路訊號不穩，這幾個句子你可能會用上：

例句 I'm afraid you've got poor Internet connection.

（你的網路訊號好像有點弱。）

例句 You're breaking up.

（訊號有點斷斷續續。）

例句 The connection was lost. Can you say that again?

（剛才訊號斷了。你可以再說一次嗎？）

例句 Let me switch to a different Wi-Fi. I'll call you in a minute.

（我換個 Wi-Fi 網路。等一下重新打給你。）

例句 Is that better?

（有好點了嗎？）

這些實用的表達法都記起來了嗎？下回再要用英文開線上會議時，相信遇到上述提到的狀況時，就不會腦袋一片空白。

堂堂工程師，英文不 NG

　　創業之後，我漸漸發現，與其說自己是投身英文教育，更該說是與工程師聯手打造新型產業。包括弟弟在內，其實科技業人才，對於英文能力的要求愈來愈高，而不少工程師朋友們應該對以下的「英文應用情境」不陌生，譬如：「快點把東西 submit 給我」、「我們 sync 一下資訊」、「align 一下進度」、「這文案要 escalate 上去喔」……然而，這些都是「NG 英文」，到底該怎麼修正？

NG 英文一：資訊 sync 一下

　　除了「資訊 sync 一下」，我也聽過身邊的工程師朋友這樣講：「我們 align 一下進度」。第一次聽到的時候，還想說對方是在說什麼語言，怎麼完全聽不懂？

　　其實，工程師們要表達的是「我們同步一下我們的資訊」、「我們要讓進度一致」。先來看看這兩個單字：sync、

align。

【 sync / synchronize 使同時發生、同步 】

　　sync 是 synchronize 的縮寫，意思是「使同時發生、同步」。

例句 The sound on my computer is not synced with the video. Could you check if there is any problems with my computer?
（我電腦的影音不同步。你能幫我檢查看看我的電腦是不是有什麼問題？）

例句 Let's sync our watch so that we could get there at the same time.
（我們對一下手錶並把時間調整成一樣，這樣我們才能同時抵達。）

例句 Don't worry. Your Dropbox is syncing now. I'm sure you'll see my file on Dropbox after your syncing is completed.

（別擔心。你的 Dropbox 正在同步檔案。我相信同步完成之後你就會在 Dropbox 上看到我的檔案了。）

【align 對齊、與……保持一致、與……結盟】

align 這個字是「對齊、與……保持一致、與……結盟」的意思。

例句 The student carefully aligned the desks in rows in the classroom.
（那個學生仔細地一排一排對齊教室的桌子。）

例句 Many people aren't aligned with this social movement.
（很多人不支持這次的社會運動。）

例句 Our service is closely aligned with the goals and vision of the company.
（我們的服務與公司的目標和願景緊密一致。）

那麼，想要表達「兩個部門之間資訊要一致」，或是「合作夥伴之間的進度要一致」，到底該怎麼用英文說呢？可以用

以下三個片語：

1. sync up

sync up 這個片語，英英解釋其中一個意思為「To coordinate with someone else so that all parties have the same plan, information, schedule, etc.（與他人協調，藉此讓每一方都有共同的計畫、資訊、規劃等）」。

例句 Let's sync up one last time before we demonstrate our new product next Monday.
（禮拜一展示新產品之前，我們再最後確認一下大家的資訊都對等。）

2. on the same page

on the same page 字面上是「在同一頁上」，實際就是要表達「進度相同、達成共識、訊息一致」。

例句 I need you to sync up with your partner to make sure that you're on the same page.
（我要你和你的夥伴對照一下彼此的資訊，好確保你們資訊一致且有共識。）

　　如果有人開會恍神、或是看起來很困惑的樣子，在台上報告的你就可以這樣問台下的人：

例句 Are we on the same page?
（我們現在概念是一致的嗎？）

3. catch up

　　如果你休假五天，回來上班後想要與同事更新最新的工作資訊，可以用 catch up 這個片語，意思是「了解（或討論）最新情況」。

例句 Are you free at 3 p.m.? I need to catch up on the latest progress of the project.
（你三點的時候有空嗎？我必須了解一下專案的最新進度。）

　　sync up、on the same page、catch up 這三個超實用片語記得了嗎？找個機會快用用看！

NG 英文二：被主管 highlight

　　工程師生涯最擔心就是「被主管 highlight」，工程師界廣為流傳的「嗨賴（highlight 的諧音）文化」到底是什麼意思？首先，工程師口中所謂的「highlight」其實就是「某人做錯了事情，被點名出來負責或被責怪」的意思。

　　然而 highlight 這個單字原本的意思是「使……引起注意、強調」，或者「用醒目顏色標出」。

例句　The speech highlighted the importance of gender equality.
（這個演講強調了性別平等的重要性。）

例句　The students highlighted important vocabulary words that their teacher wanted them to know.
（學生將老師希望他們知道的重要單字畫上顏色標記。）

　　那麼，如果要說犯了錯被主管點名責怪，說「被 highlight（X）」其實是中式英文，應該要使用 single out 這個片語。首先我們要認識 single out someone / something，英英解釋是

「to choose one person or thing from a group for special attention, especially criticism or praise（挑出群體中的一個人或一件事情特別關注，特別是批評或稱讚）」。

　　要特別注意，雖然字典說會用在批評或是稱讚，但這個片語現在幾乎都是用在負面的事情上，例如被點名出來處罰、（負面）被特別關注。

例句 The bully singled out the smallest kid.
（那個霸凌者特別欺負最弱小的小孩。）

例句 Why does our boss always single me out?
（為什麼我們的老闆總是要針對我？）

例句 This is not my fault at all. Why did you single me out?
（這根本不是我的錯。你為什麼要特別點名我？）

例句 He only made a small mistake, but the boss singled him out in the meeting.
（他只是犯了個小錯，但老闆在會議上特別點名他。）

　　相信你已經牢牢記起來了。最後祝所有工程師朋友都不要被「嗨賴」，寫 code 順利，每季都達標領分紅，更重要的是，別讓 single out 這個片語用在自己的身上。

NG 英文三：請對方回 email 給我，是「email to me」？

　　每次要發信與外國客戶或外國同事溝通，常常會卡住，最常 NG 的就以下句子：

Please email to me before Friday.
（請在星期五之前寄信給我。）

找出錯誤了嗎？就是 email to me!

　　首先要先認識 email 這個單字。email 當作名詞時，意思是「電子郵件」。而當作動詞時，就是「寄電子郵件給某人」的意思，是「及物動詞」，及物動詞就是能直接接上受詞的動詞。所以，中文說「寄電子郵件給某人」，看到「給」，大家可能會下意識地加上 to，但其實不需要這個介係詞，直接寫

上收件的對象即可，用法是 email someone（寄信給某人）或是 email someone something（寄給某人某物）。

所以，正確寫法要寫：
Please email me before Friday.

再多舉幾個 email 當作動詞的用法給大家參考：

例句 Have you emailed me the list?
（你把那個列表寄給我了嗎？）

例句 Please attach the document when you email me.
（你寄電子郵件給我的時候，請附上那份文件。）

例句 Can you email me the report by Friday?
（你可以在星期五之前把那份報告寄給我嗎？）

例句 Don't forget to email our manager the file we went through today.
（別忘了寄我們今天討論的那份檔案給經理。）

　　那什麼時候才會出現 to ？當你希望說明 email something to someone（寄某物給某人），要在 email 後面接上受詞。

例句 Did he email the resume to you?
（他有寄履歷給你嗎？）

例句 Please email the proposal to me by today.
（請在今天之前寄提案給我。）

例句 Andrew forgot to email the important report to his boss, so he got yelled at.
（Andrew 忘記把那份重要的報告寄給他老闆了，所以他被罵了。）

　　了解 email 當動詞的用法，下次請別人寄電子郵件回覆，別再寫錯囉。

【日常篇】
想表達「我」，除了「Me」，
還能怎麼說？

John 捧著一個看起來超好吃的草莓蛋糕走進來，問大家：

Who wants some strawberry cake?

（誰想來點草莓蛋糕啊？）

大家看到草莓蛋糕一陣群情激動，搶著說：

Me! Me! Me!

（我！我！我！）

大家有想過嗎？想要回答「我！」的時候，除了「Me!」還可以怎麼說呢？

老師問大家「誰要先上台報告？」

如果今天是詢問大家誰想要先做某件事情，例如：

Who wants to try this?

（誰想要試試看？）

Who wants to do the presentation first?

（誰想要先上台報告？）

Who wants to answer this math question?

（誰想要回答這題數學問題？）

可以這樣回答：

例句 Me!（我！）

例句 I do.（我。）

→ 依據前面的三種情境，「I do」其實等於以下三個句子的簡潔版本。

= I want to try this.

= I want to do the presentation first.

= I want to answer this math question.

例句 I will.（我。）

→ 用 I will. 也可以表達「我會來做這件事情。」、「我來做這件事情。」

= I will try this.

= I will do the presentation first.

= I will answer this math question.

例句 I'll do it.（我來。）

→ 這種說法能清楚表達意思，代表「我來做這件事。」

朋友揪團訂飲料，問說「誰想要訂飲料？」

朋友可能會問你：

Who wants to order drinks?（誰想要訂飲料？）

Anyone want to order drinks?（有人想要訂飲料嗎？→ 最完整的寫法其實是「Does anyone want to order drinks?」，這裡是很常用的口語說法）

訂飲料怎麼能錯過呢？一定要算我一份！可以這樣回答：

例句 Me!（我要！）

例句 I'm in.（我加入。）

例句 I'm down.（我也要。）

例句 Count me in.（算我一份。）

朋友手上拿著蛋糕，問在場的人：「誰要吃這塊蛋糕？」

Who wants to eat the cake?（誰想要吃這塊蛋糕？）

Anyone want to try this cake?（有人要嚐看看這塊蛋糕嗎？）→ 跟前面提過的一樣，這句是「Does anyone want to try this cake?」的簡略說法。

有蛋糕，當然要搶！心急如焚的你可以這樣回答：

例句 Me!（我要！）

如果想要更有禮貌一點，可以客氣地說：

例句 Can I have some?（我可以吃一些嗎？）

如果今天的情境是媽媽在問小孩：「誰想吃這塊蛋糕？」小朋友搶著要的話，就有可能會這樣講：

例句 Mine!（這塊是我的！）

例句 It's mine!（這塊是我的！）

看完教學之後，有沒有發現，英文的表達千變萬化，不是只有一種回答方式。趕快學起來，將這些說法運用自如，就會讓身邊的人覺得：「哇！你英文太好了吧！」

【日常篇】
「I know.」除了「我知道」，
其實還有別的意思？

今天 Lizzy 和 John 老師在聊昨天參加的演唱會，Lizzy 興奮地說：

The concert was amazing!（演唱會太讚了啦！）

John 老師也開心地說：I know!

David 在一旁聽了有點一頭霧水，為什麼 John 老師要說「我知道」呢？這樣 John 老師到底是喜歡演唱會還是不喜歡呢？

大家可以猜出這裡的 I know! 是什麼意思嗎？

對於正面事件的贊同

I know. 除了「我知道。」的意思，其實還有另一種更實用的用法，也就是表達贊同及感同身受，中文的意思類似「真的！」、「就是說啊！」、「你說是不是！」、「沒錯！」。所以上面的情境對話中，John 老師其實是要表達贊同：

例句 Lizzy: The concert was amazing!（演唱會太讚了啦！）
　　 John: I know!（真的！）

再看一個例子。

例句 A: Wow! His performance was perfect!
　　 （哇！他的表現真完美！）
　　 B: I know! I bet he'll win the first place this time.
　　 （是不是！他這次一定會贏得第一名。）

大家要記得，如果要用 I know. 表達贊同或感同身受，請運用驚嘆號式的讚嘆語氣，如果毫無情緒地說出 I know.，對方可能會抓不到意思喔。

對於負面事件的贊同

I know. 可以用在對於負面事件的贊同：

例句 A: Kevin's boss is unreasonable! He asked Kevin to work overtime to finish the work he didn't want to do himself.

（Kevin 的老闆很不可理喻欸！他要 Kevin 加班做完他自己不想做的工作。）

B: I know! That's unacceptable.

（就是說啊！真的無法接受耶。）

是不是很好用呢？這可是母語人士常常運用的說法喔！快學起來，讓你的英文更道地。

【日常篇】
「我可以加你好友嗎？」
英文不是「add friend」？

　　社群媒體已經成為我們生活中密不可分的一部份，加好友、刪好友也是社群媒體帶起的新興行為。那你有想過嗎？如果今天遇到外國人，想要問對方「我可以加你好友嗎？」，其實不是說 add friend。那麼到底該怎麼說呢？

加別人好友

　　第一種，可以運用 add 這個動詞，表達「添加好友」，用法是「add you on ＋社群軟體名稱」，或者是「add your ＋社群軟體名稱」，例如：

例句 Can I add you on LINE / Facebook / WhatsApp?
（我可以加你的 LINE / Facebook / WhatsApp 嗎？）

例句 Do you mind if I add your LINE / Facebook / WhatsApp?
（我可以加你的 LINE / Facebook / WhatsApp 嗎？）

第二種，直接把 friend 當作動詞，表達「加好友」，這個字當作動詞，在英英字典的意思是「to invite someone to be your friend on a social networking website（在社交媒體上邀請別人成為朋友）」，可以這樣用：

例句 Could I friend you on Facebook / LINE / WhatsApp?
（我可以加你 Facebook / LINE / WhatsApp 好友嗎？）

最後還有一種不同的表達方式。假如某個社群軟體有個人 ID 帳號，想要問他人的 ID，可以這樣問：

例句 Could I have your LINE ID?
（我可以跟你要你的 LINE ID 嗎？）

刪別人好友

要刪別人好友怎麼說呢？並不是用 delete，直接運用 friend「加好友」的相反詞 unfriend，就能表達「刪好友」。舉個例子：

例句 I'm gonna unfriend Sandy on Facebook. She keeps posting nonsense and flooding my feeds!
（我要刪了 Sandy 的 Facebook 好友。她一直發廢文洗版我的動態時報！）

例句 Oh my God, I just found that Jennifer has unfriended me on Facebook!
（我的天哪，我剛剛才發現 Jennifer 刪了我 Facebook 好友！）

把社群時代的必備社交英文學起來，下次想問：「我可以加你好友嗎」，就不會結結巴巴錯失良機囉！

國家圖書館出版品預行編目資料

英語自學關鍵教練 希平方：神奇，絕對可以複製
/ 曾知立作. -- 臺北市：三采文化, 2021.02
　　面；　　公分. -- (英語學習系列；01)

ISBN 978-957-658-482-4(平裝)

1. 英語 2. 學習方法

805.1　　　　　　　　　　　　109021131

suncolor
三采文化集團

英語學習系列 01

英語自學關鍵教練 希平方：
神奇，絕對可以複製

作者｜曾知立
主編｜喬郁珊　　特約編輯｜姜鈞
美術主編｜藍秀婷　　封面設計｜高郁雯　　內頁設計｜高郁雯　　內頁排版｜顏麟驊
封面梳化｜楊嘉琪　　封面攝影｜林子茗　　修圖｜林子茗
專案經理｜張育珊　　行銷企劃｜陳穎姿

發行人｜張輝明　　總編輯｜曾雅青　　發行所｜三采文化股份有限公司
地址｜台北市內湖區瑞光路 513 巷 33 號 8 樓
傳訊｜TEL:8797-1234　FAX:8797-1688　網址｜www.suncolor.com.tw
郵政劃撥｜帳號:14319060　戶名:三采文化股份有限公司
初版發行｜2021 年 2 月 26 日　定價｜NT$420
　　3 刷｜2021 年 4 月 20 日

suncolor